어린 왕자

어린 왕자

생텍쥐페리 지음 | 안응렬(전 한국외국어대 교수) 옮김

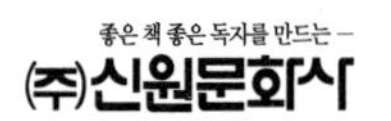

차 례

† 이 책의 그림은 모두 작가가 직접 그린 것이다.

레옹 베르트에게

이 책을 어느 어른에게 바친 데 대해 어린이들에게 용서를 바란다. 내게는 용서받을 만한 그럴듯한 이유가 있다. 그것은 그 어른이 이 세상에서 나와 가장 친한 친구이기 때문이며 또 그 어른은 무엇이든지 이해할 수가 있어서, 어린이들을 위한 책까지도 알아들을 수 있기 때문이다. 또 다른 이유는, 그 어른은 지금 프랑스에 살고 있는데 그곳에서 배를 주리고 추위에 떨고 있기 때문이다.

그 어른은 위로를 받아야 할 처지에 놓여 있다. 그 모든 이유가 그래도 부족하다면, 나는 이 책을 그 어른이 전에 어린아이였던 시절에 바치고자 한다. 어른은 예전엔 다 어린아이였다(그러나 그것을 기억하는 어른은 별로 없다). 그래서 나는 이 '바치는 글'을 이렇게 다시 고쳐 쓰려 한다.

어린 소년이었을 때의 레옹 베르트에게

어린 왕자

1

내가 여섯 살 적에, 《진짜 있었던 이야기》라고 하는, 원시림에 관한 책에서 훌륭한 그림 하나를 본 적이 있다.

그것은 맹수를 집어삼키는 보아뱀에 관한 그림이었는데, 그것을 옮겨 그리면 이렇다.

그 책에는 이런 말이 있었다.

'보아뱀은 먹이를 씹지 않고 통째로 집어삼킨다. 그러고 나서는 꼼짝도 하지 못하고 먹이가 소화되는 여섯 달 동안 잠을 잔다.'

그래서 나는 밀림에서 일어날 수 있는 여러 가지 일들에 관해 곰곰이 생각해 보게 되었다. 그리고 색연필을 가지고 첫 번째 그림을 그려 보았다. 나의 첫 번째 그림은 이러했다.

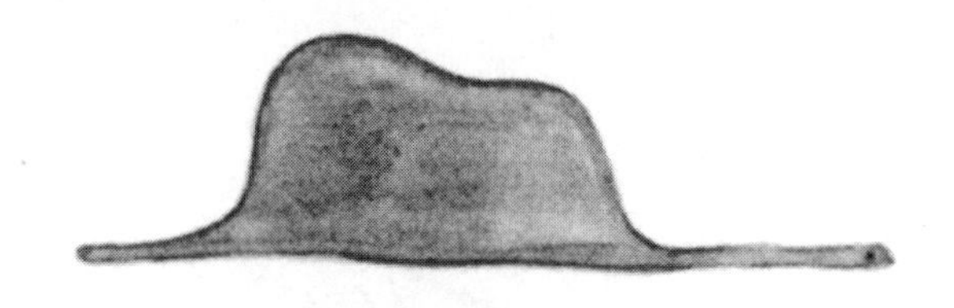

나는 이 그림을 어른들에게 보이며 내 그림이 무서우냐고 물어 보았다.

어른들은 대답했다.

"모자가 왜 무섭겠느냐?"

내 그림은 모자가 아니고, 보아뱀이 코끼리를 삼키고 있는 것이었기에 어른들이 알아볼 수 있도록 나는 다시 보아뱀의 속을 그려 넣었다.

어른들은 언제나 설명을 해 주어야 한다. 내 두 번째 그림은 다음과 같았다.

어른들은 나더러 속이 보이고 안 보이고 하는 보아뱀의 그림 따위는 집어치우고, 차라리 지리 · 역사 · 산수 · 문법에 취미를 붙이는 것이 어떻겠느냐고 했다.

그리하여 나는 여섯 살 되던 해에 훌륭한 화가로서의 꿈을 접을 수밖에 없었다. 나는 첫 번째 그림과 두 번째 그림이 성공을 거두지 못한 것에 대해 크게 실망을 하였다. 어른들은 혼자서는 아무것도 이해하지 못한다. 그러니 언제나 그 어른에게 설명을 해 준다는 것은 어린이들로서는 힘에 겨운 노릇이다.

나는 다른 직업을 골라잡을 수밖에 없다고 생각했다. 그래서 비행기 조종하는 법을 배웠다. 나는 세계를 닥치는 대로 날아다녔다. 지리가 나에게 많은 도움이 된 것은 사실이다. 한번 척 보기만 해도 중국과 애리조나를 구별할 수 있었으니까. 그것은 밤에 길을 잘못 들었을 적에 매우 유용한 것이었다.

그러는 동안 나는 수많은, 성실한 사람들과 접촉을 갖게 되었다. 그리고 오랜 세월을 그들과 함께 지내며 아주 가까이서 그들을 보아 왔다. 그렇다고 해서 그들이 더 낫다고 생각되지는 않았다.

좀 총명해 보이는 어른을 만나면 나는 늘 간직하고 있던 내 첫 번째 그림으로 시험을 해 보았다. 정말이지 이 사람이 무언가를 아는 사람인지 알고 싶었기 때문이다. 그러나 그 대답은 언제나 '모자' 라는 것이었다. 그럴 때에는 보아뱀이니, 원시림이니, 별이니 하는 이야기는 그만두고, 그 어른이 알아들을 수 있는 얘기나 하게 되었다. 브리지니, 골프니, 정치니, 넥타이니 하는 이야기를 꺼내면 그 어른은 나같이 똑똑한 사람을 알게 된 것을 몹시 좋아했다.

2

그래서 나는 서로 가슴을 열어 놓고 이야기할 만한 사람도 없이 혼자서 살아왔다. 이것은 6년 전 사하라 사막에서 비행기가 고장을 일으킨 때까지의 일이다. 비행기 엔진이 그곳에서 그만 결딴난 것이다. 정비사도 승객도 없었기 때문에 나는 그 어려운 수리를 나 혼자서 해치워 보려고 마음먹었다. 내게 있어서 그것은 생사의 문제였다. 겨우 여드레 동안 마실 물만이 있었을 뿐이었으니까.

사막에서의 첫날밤이었다. 나는 사람이 사는 곳에서 수만 리나 떨어진 모래밭에서 잠이 들었다. 그것은 넓은 바다 한가운데에서 뗏목을 타고 표류하는 것보다도 훨씬 더 외로운 신세였다. 그러니 해가 뜰 무렵, 이상한 목소리를 듣고 잠에서 깨었을 적에 내가 얼마나 놀랐겠는가. 그 목소리는 이런 말을 했다.

"아저씨, 나 양 한 마리만 그려 줘."

"응?"

"나, 양 한 마리만 그려 줘."

나는 마치 벼락이라도 맞은 것처럼 후닥닥 일어났다. 그리고 눈을 비비고 자세히 주위를 둘러보았다. 그러자 나를 심각하게 바라보고 있는 한 어린 아이가 보였다. 여기 있는 그림이 내가 나중에 그린 그 아이와 가장 닮은 초상화다.

물론 내 그림은 실제 그 아이보다는 훨씬 덜 아름답다. 그러나 이것은 내 탓이 아니다. 여섯 살 적에 이미 어른들 때문에 화가로의 내 꿈을 접은 후로는 속이 보이기도 하고 안 보이기도 하는 보아뱀의 그림밖에 그려 본 일이 없었으니까.

나는 눈이 휘둥그레져서 그 아이를 쳐다보고 있었다. 나는 지금 사람 사는 지방에서 수만 리 떨어진 곳에 외톨이로 있었다는 사실을 잊고 있지 않았다. 그런데 이 아이는 길을 잘못 든 것 같지는 않았다. 몹시 고달프다든가, 시장하다든가, 목이 마르다든가, 무서워서 벌벌 떤다든가 하는 것 같지도 않았다. 사람 사는 곳에서 수만 리 떨어진 사막 한가운데서 길을 잃은 아이같은 구석은 조금도 없었다. 이윽고 나는 정신을 차리고 이렇게 말했다.

"그런데…… 넌 여기서 뭘 하고 있는 거니?"

그러나 그 아이는 아주 중대한 일이기나 한 것처럼 천천히 계속해서 같은 말을 되뇌었다.

"나, 양 한 마리만 그려 줘."

너무도 이상한 일을 당했을 때는 그것을 감히 거역하지 못

여기 있는 그림이 내가 나중에 그린 그 아이와 가장 닮은 초상화다.

하는 법이다. 사람이 사는 곳에서 수만 리 떨어진 죽음 위험이 도사리고 있는 자리에서, 그것이 도무지 이치에 닿지 않는 것이라고 생각은 되었지만, 결국 나는 주머니에서 종이 한 장과 만년필을 꺼냈다.

그러나 나는 문득 지리니, 역사니, 산수니, 문법이니 하는 것을 배운 일이 생각나서 약간 성을 내며 그림을 그릴 줄 모른다고 말했다. 그랬더니 그 어린 아이가 이렇게 대답했다.

"괜찮아. 나, 양 한 마리만 그려 줘."

나는 양을 그려 본 일이 전혀 없었기 때문에 내가 그릴 줄 아는 두 가지 그림 중에서 하나를 그려 주었다. 그것은 속이 들여다보이지 않는 보아뱀의 그림이었다. 그런데 그 아이는 놀랍게도 이렇게 대답하는 것이었다.

"아니야, 아니야! 보아뱀이 삼켜 버린 코끼리 그림은 싫어. 뱀은 아주 위험한 거야. 그리고 코끼리는 너무 거추장스러워. 내가 사는 곳은 아주 작은 곳이야. 난 꼭 양이 필요해. 나, 양 한 마리만 그려 줘."

그래서 나는 할 수 없이 양을 그렸다. 그랬더니 그 아이가 양의 그림을 자세히 들여다보고 나서 이렇게 말했다.

"틀렸어! 이건 아니야. 벌써 병이 들어 버렸는 걸. 얼마 살지 못할 거야. 다른 걸로 하나 그려 줘."

나는 다시 그렸다.

"그건 양이 아니라 염소잖아.

뿔이 나 있잖아."

그래서 나는 또다시 그렸다.

그러나 이번에도 앞의 것들과 마찬가지로 퇴짜를 맞았다.

"또 아니야. 이건 너무 늙었어. 난 오래 살 수 있는 양이 갖고 싶어."

엔진을 고쳐야 할 일이 급하기에 나는 더 이상 참을 수가 없었다. 그래서 하는 수 없이 아무렇게나 그림을 끄적거려 놓고 그 어린 친구에게 한 마디 툭 던졌다.

"이건 상자야. 네가 원하는 양은 바로 이 속에 있단다."

그러자 뜻밖에도 그 아이의 얼굴이 환해졌다.

"이게 바로 내가 갖고 싶어한 그림이야. 이 양은 풀을 많이 먹을까?"

"왜 그런 걸 묻지?"

"내가 사는 곳은 아주아주 작아서 그래."

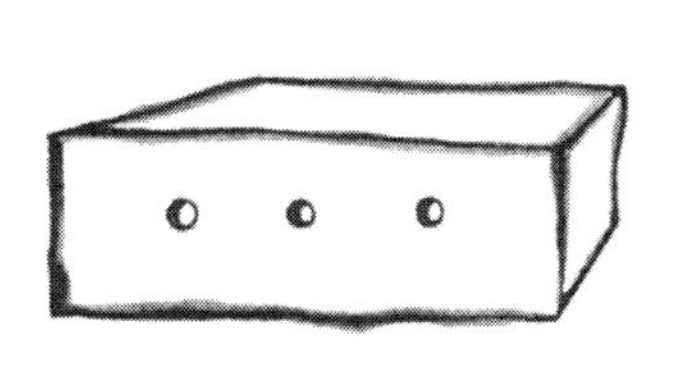

"풀은 넉넉할 거야. 내가 준 양은 아주 조그마한 거니까."

그는 머리를 숙여 그림을 들여다보더니,

"그렇게 작지도 않은데 뭐……. 야! 양이 잠들었네."

이렇게 해서 나는 이 어린 왕자를 알게 된 것이다.

3

그 어린 왕자가 어디서 왔는지를 알게 되기까지는 꽤 오랜 시일이 걸렸다. 어린 왕자는 나에게는 여러 가지를 물어 보면서 정작 내가 묻는 말은 조금도 귀담아듣는 것 같지 않았다.

어쩌다 어린 왕자가 우연히 내뱉는 말을 통해 나는 차츰차츰 모든 것을 알게 되었다. 가령, 그가 내 비행기를 처음 보았을 때(내 비행기는 그리지 않겠다. 내가 그리기

에는 너무도 복잡한 그림이니까) 그는 나에게 이렇게 물었다.

"이 물건은 뭐야?"

"이건 물건이 아니라 하늘을 날아다니는 거야. 비행기라고 하지. 내 비행기."

나는 어린 왕자에게 하늘을 날아다닌다는 것을 가르쳐 주는 것이 자랑스러웠다. 그랬더니 어린 왕자가 소리쳤다.

"뭐! 그럼 하늘에서 떨어졌어?"

"응."

하고 나는 겸손하게 대답했다.

"야! 그거 참 재미있는데."

그러면서 어린 왕자는 아주 유쾌하게 깔깔대며 웃었다. 그러나 그것이 내 비위를 몹시도 건드렸다. 나는 사람들이 내 불행을 비웃는 것이 싫었다. 그런데 어린 왕자는 개의치 않고 말을 이었다.

"그럼 아저씨도 하늘에서 왔구나. 어느 별에서 왔어?"

나는 신비로운 그의 존재를 알아내는 데 어떤 서광이 비침을 깨닫고 별안간 이렇게 물었다.

"그럼 너는 어느 별에서 왔니?"

그러나 어린 왕자는 내 말에는 대답도 하지 않고 비행기를 들여다보면서 고개를 갸웃거리기만 했다.

"하긴 이런 걸 타고 그리 멀리서 오진 못했겠는데."

그리고 나서 어린 왕자는 꽤 오랫동안 깊이 생각에 잠기더니 내가 그려 준 양을 주머니에서 꺼내 마치 보물을 만지듯이 들여다보고 있었다.

소혹성 B612호에서의 어린 왕자

다른 별들에 대해서 약간 내비쳤던 어린 왕자의 이 이야기가 얼마나 내 호기심을 자극했겠는가? 그래서 나는 그것에 관해 좀더 알아보려고 무척이나 애를 썼다.

"얘야, 너는 어디서 왔니? 너의 집은 어디야? 내 양을 어디로 가져가려고 하니?"

그는 묵묵히 무엇인가를 생각하더니 대답을 했다.

"아저씨가 준 상자 말이야. 그게 밤에는 양의 집이 될 테니까 잘됐어."

"그렇고 말고. 네가 얌전하게 굴기만 하면 낮 동안에 양을 매어 둘 고삐도 그려 줄게. 그리고 말뚝도 그려 주지."

나의 이 제안은 어린 왕자의 마음에 들지 않는 듯했다.

"양을 매 놓다니! 참 이상한 생각을 다하는군."

"하지만 매어 두지 않으면 제멋대로 돌아다니다가 길을 잃고 말 걸."

그랬더니 어린 왕자는 다시 한번 깔깔거리며 웃어댔다.

"양이 가긴 어디로 가?"

"어디든지 갈 수 있지. 아무데나……."

나의 이 말에 어린 왕자는 웃음을 거두고 진지하게 말했다.

"괜찮아, 내가 사는 곳은 아주 작으니까!"

그리고 약간 서글픈 생각이 들었는지 침울한 표정으로 이렇게 말했다.

"아무리 제멋대로 돌아다닌다 해도 그리 멀리 갈 수는 없어……."

4

이렇게 해서 나는 또 한 가지 매우 중요한 사실을 알게 되었다.

그것은 어린 왕자가 살던 별이 집 한 채보다 좀 클까 말까 한 별이었다는 것이다.

그렇다고 해서 나는 그것을 그다지 이상하게 생각하지는 않았다. 지구, 목성, 화성, 금성같이 사람들이 이름을 붙인 큰 별들 외에도 이 우주에는 다른 떠돌이별 수백 개가 있어서, 어떤 것은 너무 작아 천체 망원경으로도 보이지 않을 만큼

작다는 것을 잘 알고 있었으니까. 천문학자가 그런 별을 하나 발견하면 이름 대신 번호를 매겨 둔다. 가령 '소혹성 제325호' 라는 식으로 말이다.

나는 어린 왕자가 살던 별이 소혹성 B612호라고 생각하게 되었다. 거기에는 그렇게 믿을 만한 타당한 이유가 있다. 이 소혹성은 1909년에 터키 천문학자가 망원경으로 딱 한 번 보았을 뿐이다. 이 천문학자는 그때 국제 천문학회에서 자기가 발견한 별에 대해 꽤 신빙성 있는 증명을 했었다.

그러나 그가 입고 있던 옷 때문에 아무도 그의 말을 믿지 않았다. 그는 터키 민속 의상을 입고 있었던 것이다. 아무튼 어른들은 이렇게 생겨 먹었다.

그런데 B612호 소혹성의 명예를 위해서는 다행한 일이 생겼다. 터키의 어느 독재자가 자기 국민에게 양복 입기를 명령하고, 거역하는 자는 사형에 처한다고 했기 때문이다. 그래서 이 천문학자는 1920년에 멋있는 양복을 입고 다시 그가 발견한 별에 대해 증명을 했다. 그랬더니 이번에는 모두들 그의 말을 믿었다.

B612호 소혹성에 대해서 이렇게 자세히 이야기하고 그 호수까지 일러 준 것은 어른들 때문이다. 어른들은 숫자를 좋아한다. 어른들은 새로 사귄 친구에 관한 이야기를 할 때에도 제일 중요한 것은 도무지 묻지를 않는다.

어른들은 '그 친구의 목소리가 어떠하니? 무슨 놀이를 제일 좋아하지? 나비를 수집하니?' 라고 묻는 법이 절대로 없다. '나이는 몇이야? 형제는 몇이나 되지? 몸무게는 얼마고? 그 친구 아버지는 부자니?' 라는 것만 고작 물을 뿐이다.

그래야 그 친구를 아는 줄로 생각한다. 만약 어른들에게

'창가에는 제라늄이 피어 있고 지붕에는 비둘기들이 놀고 있는 곱고 고운 붉은 벽돌집을 보았어요' 라고 말하면, 어른들은 도대체 그 집이 어떻게 생겼는지를 생각해 내지 못한다. 어른들에게는 '10만 프랑짜리 집을 보았어요' 라고 해야 한다. 그래야 '야, 참 굉장한 집이겠구나!' 하고 부르짖는다.

이와 같이 '어린 왕자는 정말 귀여웠고, 잘 웃었고, 양 한 마리를 갖고 싶어했지. 그것이 그가 이 세상에 존재하고 있었다는 증거야. 누가 양을 갖고 싶어하면 그것은 그 사람이 존재하고 있다는 증거가 되는 거야' 라고 어른들에게 말한다면, 그들은 어깨를 들먹이며 어처구니없다는 듯 우리를 어린애 취급할 것이다. 그러나 '어린 왕자가 떠나온 별이 B612호 소혹성이야' 라고 하면 어른들은 그냥 알았다는 듯이 더 이상의 아무것도 알려 하지 않는다. 어른들은 다 그렇다. 그것을 가지고 어른들을 나쁘게 생각해서는 안 된다. 어린이들은 어른들에 대해서 아주 너그러워야 한다.

그러나, 우리들에겐 삶 그 자체가 중요하므로 이러한 인생을 이해한 우리에게 소혹성의 숫자 같은 건 문제가 되지 않는다. 나는 이 이야기를 옛날 선녀 이야기하듯이 시작하고 싶었다. 이렇게 말이다.

"옛날 옛날에 저보다 좀더 클까 말까 한 별에 어린 왕자가 살고 있었습니다. 그 왕자는 친구가 그리웠습니다."

인생을 이해하는 사람들에게는 이것이 훨씬 더 진실된 느낌을 줄 것이다.

왜냐하면, 나는 사람들이 이 책을 아무렇게나 읽어치우는 것이 싫기 때문이다. 이 추억을 이야기하자니 수많은 설움이 북받쳐 오른다. 어린 왕자가 양을 갖고 떠나간 지도 벌써 여섯 해가 된다. 지금 여기에다 그의 모습을 그려 보려는 것은 그를 잊지 않기 위해서다. 친구를 잊는다는 것은 슬픈 일이니까. 누구나 다 친구를 갖는 것은 아니다. 그리고 나도 숫자밖에는 흥미가 없는 어른들처럼 될 수도 있을 것이다. 내가 그림 물감 상자와 연필들을 산 것도 이 때문이다.

여섯 살 적에 속이 들여다보이고 안 보이고 하는 보아뱀밖에는 그림이라고는 전혀 그려 본 일이 없는 내가, 이제 와 새삼 이 나이에 그림을 다시 시작한다는 것은 정말 힘이 드는 노릇이다. 물론 할 수 있는 한 최대한 실물과 가깝게 그려 보기로 하겠다. 그러나 제대로 그려질지 장담할 수는 없다. 꼭 성공하리라고는 생각지 않는다.

어떤 그림은 괜찮아 보이는데 또 어떤 그림은 그렇지가 않을 때도 있다. 어린 왕자의 키도 조금씩 틀려진다. 여기서는 어린 왕자가 너무 크고, 저기서는 너무 작다. 또 옷 색깔에 대해서도 망설여진다. 그래서 이렇게 어둠 속에서 무언가를 찾듯 그럭저럭 더듬거려 그려 본다. 끝에 가서 나는 가장 중요한 어떤 부분을 잘못 그릴지도 모른다. 그러나 그것은 나의 잘못만은 아닐 것이다. 어린 왕자는 도무지 얘기를 해 주지 않았다. 아마 나도 자기와 같은 줄로만 생각한 모양이다. 그러나 나는 불행하게도 상자 속에 들은 양을 꿰뚫어 보지는 못한다. 아마 나도 어쩔 수 없이 어른들과 비슷하게 변해 버렸는지도 모른다. 이젠 나도 나이를 먹었나 보다.

5

나는 어린 왕자와 함께 지내면서 별이니, 출발이니, 여행이니 하는 데 대해서 매일 조금씩 알게 되었다. 이런 것들은 아주 천천히, 무엇을 곰곰이 생각하는 중에 우연히 알게 된 것이었다. 사흘째 되던 날, 나는 바오밥 지방에서 자라는, 그 줄기의 둘레가 20미터를 넘는 바오밥나무의 비극에 관한 이야기를 듣게 되었는데 그것은 우연이었다. 그리고 늘 이런 식이었다.

무서운 바오밥나무에 관해 알게 된 것도 양의 덕택이었다. 어린 왕자는 무슨 중대한 의문이나 생긴 듯이 갑자기 이렇게 물었다.

"양이 작은 나무를 먹는다는데 정말일까?"

"응, 정말이지."

"야! 그것 참 잘 됐다."

양이 작은 나무를 먹는다는 것이 왜 중요한지 나는 이해하지 못했다. 그러나 어린 왕자는 계속해서 말을 이었다.

"그렇다면 바오밥나무도 먹겠지?"

나는 바오밥나무는 작은 나무가 아니라 성당만큼이나 큰 나무고 그래서 어린 왕자가 코끼리 한 떼를 몰고 간다 하더라도, 그 코끼리 한 떼가 바오밥나무 하나를 당해 내지 못할 것이라는 말을 어린 왕자에게 들려 주었다.

코끼리 떼라는 말에 어린 왕자는 우스워했다.

"그럼, 코끼리들을 포개 놓아야겠네……."

어린 왕자는 영리하게 이런 말도 했다.

"커다란 바오밥나무도 처음엔 조그맣게 돋아나지?"

“그렇긴 하지. 하지만 어째서 너의 양이 작은 바오밥나무를 먹었으면 하는 거니?”

“아이, 참! 그 이유를 모른단 말이야?”
하고 어린 왕자는 말할 필요도 없다는 듯이 대답했다. 그래서 나 혼자 이 수수께끼를 푸느라고 여간 노력하지 않으면 안 되었다.

과연 어린 왕자의 별에도 다른 별이나 마찬가지로 좋은 풀과 나쁜 풀이 있었다. 따라서 좋은 풀의 좋은 씨와 나쁜 풀의 나쁜 씨가 있었다. 그러나 씨는 보이지 않는다. 땅 속에서 몰래 자고 있다가 그 중의 하나가 어느 날 문득 깨어나는 것이다. 그러면 기지개를 켜고 우선 아무 힘도 없는 그 예쁘고 조그만 싹을 햇빛을 향해 조심조심 내민다. 빨간무나 장미꽃나무의 싹이라면 마음대로 자라도록 내버려 둘 수가 있다. 그러나 그것이 나쁜 풀이라면 눈에 보이는 대로 바로바로 뽑아 버려야 한다. 그런데 어린 왕자의 별에는 무서운 씨가 있었으니, 그것이 바로 바오밥나무였다. 그것은 자칫 손을 늦게 대면 영영 없애 버릴 수가 없게 된다. 그놈은 별 전체를 휩싸 버리고 그 뿌리로 별에 구멍을 파 놓는다. 그래서 그렇게 작은 별에 바오밥나무가 너무 많게 되면 마침내 별이 산산조각나고 마는 것이다.

어린 왕자는 나중에 이런 말을 했다.

"그건 규율 문제야. 아침에 세수를 하고 나면 나의 별도 세수를 꼼꼼히 해 줘야 해. 바오밥나무가 작을 때는 장미꽃나무와 똑같아서 뽑아 버릴 수가 없지만 곧 장미꽃나무와 구별할 수 있을 만큼 커지면 바오밥나무를 뽑아 버리도록 규칙적으로 힘써야 하는 거야. 하나도 남기지 말고 말이야. 그건 정말 귀찮긴 하지만 뭐 그리 어려울 것도 없어."

그리고 하루는 고운 그림을 하나 정성껏 그려서 우리 땅에 사는 어린이들 머릿속에 잘 새겨 두도록 하라고 내게 권하기도 했다.

"그 어린이들이 어느 때고 여행을 하게 되면 도움이 될지도 몰라. 제 할 일을 나중으로 미루는 게 괜찮을 때도 있지만, 바오밥나무의 경우엔 큰 사고가 생겨. 절대 미뤄서는 안 돼. 난 게으름뱅이가 사는 별을 하나 아는데, 그 게으름뱅이는 작은 바오밥나무 셋을 허술히 넘겨 버렸어."

나는 어린 왕자에게서 그 별에 관한 이야기를 듣고 어린 왕자가 일러 주는 대로 그림을 그렸다. 나는 도덕 군자처럼 구는 것을 몹시도 싫어하지만 만약 바오밥나무의 위험이 하나도 알려져 있지 않고 또 길을 잘못 들어 어떤 소혹성에 발을 들여놓는 사람이 크나큰 위험을 당할지도 모르겠기에, 이번 한 번만 이 생각을 버리기로 했다. 그래서 나는 어린 왕자가 시키는 대로 했다.

'어린이들이여, 바오밥나무를 조심하라!'

내가 이 그림을 이렇게까지 정성들여 그린 것은, 나와 같이 오래 전부터 알지 못한 채 당하게 되는 바오밥나무의 위험을 내 친구들에게 알려 주기 위해서다. 내가 그린 그림의 교훈이 그만한 값어치는 있을 줄로 안다. 하지만 여러분들은 아마 이런 생각을 할지도 모르겠다.

'이 책에는 왜 바오밥나무만큼 굉장한 다른 그림은 없을까?'

그 대답은 지극히 간단하다.

그려 보았지만 성공하지는 못했기 때문이다.

바오밥나무를 그릴 적에는 너무나 위급하다는 생각에 사로잡혀 근사한 그림이 될 수 있었던 것이다.

바오밥나무

6

어린 왕자여! 나는 이렇게 해서 조금씩 조금씩 너의 쓸쓸한 생활을 알게 되었단다. 너는 해가 지는 고요한 광경을 바라보는 것밖에는 오랫동안 즐거움이라는 게 없었지. 나는 나흘째 되던 날 아침, 네가 이런 말을 했을 때에 새로운 사실을 알았단다.

"나는 해가 지는 광경을 바라보는 것이 좋아. 우리, 해 지는 걸 구경하러 가자."

"하지만 아직 기다려야 해."

"뭘 기다려?"

"해가 지길 기다려야 한다고."

내가 이렇게 말하자 처음에 너는 몹시 이상해하는 눈치였지. 하지만 나중에는 나를 보고 웃으며 이렇게 말했어.

"난 아직도 내가 우리 별에 있는 줄 알았어."

바로 그거야. 누구나 다 알다시피 미국이 정오일 때 프랑스에서는 해가 지지. 해 지는 것을 보려면 단숨에 프랑스로 갈 수만 있으면 되는 거야. 그런데 불행히도 프랑스는 너무 멀리 떨어져 있어. 그러나 그 조그마한 너의 별에서는 의자를 몇 걸음 뒤로 물려 놓으면 그만이겠지. 그래서 네가 보고 싶을 때마다 해가 지는 광경을 구경할 수가 있었을 거야.

"하루는 해가 지는 걸 46번 구경한 적도 있어."

그리고 조금 있다가 다시 말을 이었지.

"몹시 쓸쓸할 적엔 해 지는 걸 바라보고 싶어져……."

"그럼, 46번 구경하던 날도 그렇게 쓸쓸했었니?"

그러나 어린 왕자는 대답이 없었다.

7

닷새째 되던 날, 이번에도 양의 덕택으로 어린 왕자의 또 다른 생활의 비밀을 알게 되었다. 그는 오랫동안 속으로 '양'에 대해 생각하고 있었는지 밑도 끝도 없이 갑자기 이런 말을 물었다.

"양이 말이야, 작은 나무를 먹으면 꽃도 먹을 테지?"

"양은 닥치는 대로 뭐든지 먹어."

"가시가 돋친 꽃도 먹어?"

"그럼, 가시 돋친 꽃도 먹고 말고."

"그럼 가시는 어디에 소용이 있어?"

나는 그것을 알지 못했다. 그때는 엔진에 너무 꽉 박힌 볼트를 빼내 보려고 한참 골몰하고 있던 중이었다. 비행기의 고장이 이제는 매우 중대한 것처럼 생각되기 시작했고, 또 물이 얼마 남지 않아서 최악의 경우를 당할 염려가 있었기 때문에 무척이나 걱정이 되던 참이었다.

"가시는 어디에 소용이 있어?"

어린 왕자는 한번 물어 보면 결코 그대로 지나치는 법이 없었다. 나는 볼트 때문에 약이 오른 판이라 아무렇게나 대답해 주었다.

"가시, 그건 아무 소용 없는 거야. 꽃이 괜히 심술을 부리고 싶으니까 그런 것뿐이지!"

"설마?"

어린 왕자는 한참 동안 묵묵히 있다가 원망스러운 듯이 이런 말을 툭 던졌다.

"나는 그 말을 믿지 않아! 꽃들은 약해. 그리고 순진해. 꽃들은 자기들이 할 수 있는 한 온 힘을 쓰는 거야. 가시가 자기들을 보호하고 있으니까 마치 무서운 무기인 양 생각하고 있는 거라고."

나는 아무 대답도 하지 않았다. 그때 나는 이런 생각을 하는 중이었다.

'요놈의 볼트가 그래도 꼼짝을 안 하면 망치로 두들겨 부숴 버리겠어!'

어린 왕자는 다시 내 생각에 방해를 놓았다.

"정말로 그렇게 생각하고 있는 거야? 꽃들이……."

"그만해 둬! 그만! 아무래도 좋아! 난 되는 대로 대답했을 뿐이야. 나에겐 지금 중요한 일이 있어!"

어린 왕자는 어이가 없다는 듯이 나를 쳐다보았다.

"중요한 일!"

어린 왕자는, 내가 손에는 망치를 들고 손가락은 시커먼 기름투성이를 해 가지고 그에게는 추하게밖에 보이지 않는 물건 위에 몸을 굽히고 있는 것을 보고 있었다.

"역시 다른 어른들처럼 말하네."

이 말을 듣고 나는 조금 부끄러웠다. 그러나 그는 사정없이 말을 이었다.

"아저씨는 모든 걸 혼동하고 있어. 뒤죽박죽으로 만들어 놓고 있잖아."

어린 왕자는 정말로 성이 잔뜩 나 있었다. 그의 금빛 머리카락이 바람에 휘날렸다.

"나는 어떤 별에 살고 있는 얼굴이 시뻘건 상인 하나를 알고 있어. 그는 꽃 향기를 맡아 본 일도 없고, 더하기밖에는 아무것도 하는 일이 없지. 그리고 온종일 아저씨처럼 바쁘다, 바빠 하고 중얼거리고 있어. 그리고 그것을 갖고 잔뜩 교만을 부리지. 그렇지만 그건 사람이 아니야. 그건 버섯이라고!"

"뭐라고?"

"버섯이란 말이야!"

어린 왕자는 너무 화가 나서 얼굴이 하얗게 질려 있었다.

"수백만 년 전부터 꽃은 가시를 갖고 있었어. 그렇지만 양들이 꽃을 먹어 왔던 것도 벌써 수백만 년째야. 그런데 어째서 꽃이 아무런 소용도 없는 가시를 만들어 내느라 고생을 하는지 알아보려고 하는 게 중대한 일이 아니라는 거지? 꽃과 양의 전쟁이 큰일이 아니라고? 이건 시뻘건 뚱보 상인의 더하기보다 더 중대하고 중요한 일이야. 그리고 말이야, 만약에 내 별 말고 다른 데는 아무데도 없는, 이 세상에 단 하나밖에 없는 꽃을 내가 하나 알고 있었는데, 어린 양이 제가 하는 일이 무엇인지도 모르고, 어느 날 아침 덥석 먹어 없애 버릴 수가 있는데 그게 그리 중대한 일이 아니란 말이야?"

어린 왕자는 얼굴을 붉히고 나서 다시 말을 이었다.

"만약 누군가 수백만 개, 수천만 개나 되는 별 중에서 하나밖에 없는 꽃을 사랑하고 있다면, 그 사람은 바로 그 별을 바라다보는 것만으로도 행복해질 수 있는 거야. 속으로 '저기 어딘가에 내 꽃이 있겠지' 하고 생각하면서 말이야. 그렇지만 양이 그 꽃을 먹어 봐. 이건 그에게는, 모든 별들이 갑자기 빛을 잃은 거나 마찬가지야! 그런데도 이게 중요하지 않다고 말하는 거야?"

어린 왕자는 말을 잇지 못하고 갑자기 흐느껴 울기 시작했다. 해는 이미 진 뒤였다. 내 손에는 이제 연장이 쥐어져 있지 않았다. 나는 망치나, 볼트, 목마름이나 죽음 따위를 우습게 생각하게 되었다.

수많은 별들 중 나의 별 지구 위에는 내가 위로해 주어야 할 어린 왕자가 있었던 것이다.

나는 어린 왕자를 품에 안고 달래면서 말했다.

"네가 사랑하는 꽃은 위험을 당하지 않을 거야. 네 양에다가 굴레를 그려 주마. 그리고 네 꽃에는 울타리를 쳐 주고. 또……."

무슨 말을 해야 좋을지 몰랐다. 나는 어린 왕자를 위로하는데 무척 서투르다는 느낌이 들었다. 어떻게 해야 그의 마음을 감동시키고 그의 상처난 마음을 어루만져 줄 수 있는지 알 수가 없었다. 눈물의 나라란 이처럼 신비로운 것이다.

8

나는 곧 그 꽃에 대한 것을 좀더 잘 알게 되었다. 어린 왕자의 별에는 전부터, 꽃잎이 한 겹만 있는 아주 소박한 꽃이 있었는데, 그 꽃은 자리도 별로 차지하지 않았고 누구를 귀찮게 하는 일도 없었다.

그 꽃은 아침 풀 속에 나타났다가는 저녁에 지곤 하는 꽃이었다. 그러나 이 꽃은 어디서 불어왔는지 모르는 씨에서 어느 날 싹이 텄는데, 다른 싹과는 닮지 않은 이 싹을 어린 왕자는 무척 주의해서 살펴보았다. 바오밥나무의 새로운 변종일지도 모른다고 생각했기 때문이다. 그런데 싹은 얼마 자라지 않아 꽃봉오리를 맺기 시작했다. 커다란 봉오리가 맺히는 것을 본 어린 왕자는 거기에서 어떤 기적적인 것이 나타나리라고 생각했다. 그러나 꽃은 그 푸른 방 속에 숨어 언제까지고 아름다운 단장을 하기에만 바빴다. 빛깔을 정성껏 고르고 천천히 옷을 입고 있었다. 그리고 꽃잎을 가다듬어 나갔다. 양귀비 모양으로 쭈글쭈글한 채 나오기가 싫었든지, 꽃은 그 아름다움의 고비에 다다랐을 적에 나타나고 싶었던 모양이다. 무척이나 티를 부리는 꽃이었다.

그 신비로운 단장이 그러니까 며칠이고 계속됐다. 그러더니 어느 날 아침, 막 해가 돋을 무렵 꽃은 마침내 자신의 자태를 드러냈다.

그런데 그렇게도 빈틈없이 치장을 하고 난 꽃이건만, 하품을 하며 겨우 이런 말을 했다.

"아아! 이제야 겨우 잠에서 깨어났습니다. 용서하세요. 아직 머리를 빗지 않아서 온통 헝클어져 있어요."

그때 어린 왕자는 그 꽃을 보고 감탄해 마지않았다.

"정말 아름답구나!"

"그래요? 나는 햇님과 동시에 태어났거든요."

하고 꽃은 속삭이듯 대답했다.

어린 왕자는 그 꽃이 그다지 겸손하지는 않다고 짐작했다. 그러나 그럼에도 불구하고 그 꽃은 몹시도 어린 왕자의 마음을 설레게 했다.

조금 있다가 꽃이 말을 이었다.

"지금이 아마 아침 식사 시간이지요? 내 생각을 좀 해 주시지 않겠어요?"

어린 왕자는 무척 어리둥절했지만 방금 길어 온 찬물 한 통을 가져다 꽃에 뿌려 주었다.

그리하여 그 꽃은 약간 까다로운 허영심으로 이내 어린 왕자의 마음을 괴롭혔다. 때문에 어린 왕자는 곤란을 겪었다.

어느 날, 꽃은 제가 가지고 있는 4개의 가시에 관한 이야기를 하며 어린 왕자에게 불쑥 이런 말을 했다.

"호랑이들이 발톱을 내밀고 오겠다면 오라 그래요!"

"우리 별에는 호랑이가 없어. 그리고 호랑이는 풀을 먹지 않아!"

어린 왕자가 대꾸를 했다.

"나는 풀이 아니에요."

꽃은 살며시 대답했다.

"아, 미안해……."

"나는 호랑이 따윈 조금도 무섭지 않아요. 하지만 바람과 마주치는 건 질색이에요. 바람막이는 없으세요?"

'바람 마주치는 게 질색이라……. 식물로서는 안된 일이군. 이 꽃은 까다로운 꽃이야.'
라고 어린 왕자는 생각했다.

"저녁에는 고깔을 씌워 주세요. 여기는 대단히 춥군요. 별의 위치가 나쁜 것 같아요. 전에 내가 있던 곳은……."

그러나 꽃은 말끝을 맺지 못했다. 그 꽃은 씨의 형태로 온 만큼 다른 세상에 대하여는 아무것도 알 수가 없었던 것이다. 이렇게 속이 들여다보이는 거짓말을 하다가 들킨 것이 부끄러워선지, 꽃은 잘못을 어린 왕자에게 뒤집어씌우려고 두세 번 기침을 했다.

"바람막이는 어쩌셨어요?"

"가지러 가려던 참인데, 네가 자꾸 말을 해서……."

그러나 꽃은 어린 왕자에게 죄책감을 느끼게 할 양으로 더 욱더 기침을 세게 했다.

어린 왕자는 진심으로 꽃을 사랑했지만 이내 그 꽃을 의심하게 되었다. 그는 꽃이 아무렇지도 않게 한 말을 너무 진지하게 생각해서 몹시 불행하게 되었다.

하루는 어린 왕자가 내게 자기의 속마음을 털어놓았다.

"그 꽃이 하는 말을 듣지 말았어야 할걸 그랬어. 꽃이 하는 말은 절대로 듣지 말아야 해. 꽃은 그냥 보고 향기를 맡기만 하면 되는 거야. 그 꽃은 내 별에 향기를 풍겨 주고 있었지만, 나는 그걸 즐길 수가 없었어. 그 가시 이야기를 듣고 나는 무척 약이 올랐었거든. 사실은 가엾은 생각이 들었어야 했는데 말이야."

어린 왕자는 계속해서 말했다.

"나는 그때 아무것도 이해하지를 못했어. 그 꽃이 하는 말을 갖고 판단할 것이 아니라, 하는 일을 보고 판단해야 했었는데 말

야. 그 꽃은 내게 향기를 주고 마음도 환하게 해 주었어. 하지만 어떠한 일이 있어도 도망을 치지 말 걸 그랬어. 그 대단치도 않은 심술 뒤에 애정이 숨어 있는 걸 눈치챘어야 하는 건데. 꽃들은 서로 어긋나는 말을 잘하니까 종잡을 수가 없었지. 그렇지만 나는 너무 어려서 꽃을 사랑할 줄 몰랐던 거야."

9

나는 어린 왕자가 철새들의 이동을 이용해서 그의 별을 빠져 나왔으리라 생각한다. 길을 떠나던 날 아침, 그는 자기 별을 깨끗이 정리해 놓았다. 그리고 불을 뿜는 화산을 정성들여 쑤셔 놓았다.

어린 왕자에게는 활화산이 2개 있었다. 이 화산은 아침 밥을 짓는 데에 매우 편리했다. 그에게는 이렇게 불을 뿜는 화산 말고도 꺼진 화산이 하나 더 있었다. 그러나 그의 말마따나 그 꺼진 화산이 폭발하지 말라는 법은 없었다. 어떻게 될지 알 수 없었으므로 어린 왕자는 그 꺼진 화산도 쑤셔 주었다. 화산들은 잘 쑤셔 주기만 하면 폭발하지 않고 조용히 규칙적으로 불을 뿜는다. 화산의 폭발이란 굴뚝의 불과 같은 것이다. 물론 지구에 사는 우리들은 너무도 작아서 우리의 커다란 화산을 쑤셔 줄 수는 없다. 그렇기 때문에 화산 폭발로 해

그는 불을 뿜는 화산을 정성들여 쑤셔서 청소했다.

서 많은 곤란을 당하는 것이다.

어린 왕자는 자기의 별을 정리하면서 좀 쓸쓸한 마음으로 나머지 바오밥나무 싹도 뽑아 주었다. 다시는 돌아오지 못할지도 모른다고 생각했던 것이다. 그래서 늘상 해 오던 이런 일이 그날 아침에는 유난히도 새삼스러웠다.

그리고 마지막으로 꽃에 물을 주고 고깔을 씌워 주려고 했을 때에는 마침내 울음이 터져 나오려고 했다.

"잘 있어!"

그러나 꽃은 대답이 없었다.

"잘 있어!"

하고 어린 왕자는 다시 한번 말했다.

꽃은 기침을 했다. 그러나 이것은 감기 때문은 아니었다.

"내가 어리석었어요. 용서해 주세요. 그리고 행복하세요."

하고 꽃은 힘겹게 말을 했다.

어린 왕자는 꽃이 까탈을 부리지 않는 것이 이상스러웠다. 그래서 고깔을 손에 든 채 어쩔 줄 모르고 우두커니 서 있었다. 어린 왕자는 꽃이 왜 이렇게 조용하고 온순해졌는지 이해할 수가 없었다.

"나는 당신을 사랑했어요."

하고 꽃은 말했다.

"당신은 도무지 그걸 눈치채지 못하더군요. 그건 내 탓이에요. 그렇지만 당신이나 나나 마찬가지로 어리석었어요. 하지만 이젠 아무래도 상관없어요. 부디 행복하세요. 이제 그 고깔 따위는 필요없어요……."

"그렇지만 바람이……."

"난 그렇게 감기가 심한 것도 아니었어요. 찬바람이 오히려 내게 이로울지도 몰라요. 나는 꽃이니까."

"하지만 벌레들이……."

"나비를 보려면 벌레 2, 3마리쯤은 견뎌 내야 해요. 나비는 참 아름다운 모양을 하고 있는 것 같아요. 나비나 벌레가 아니라면 이제 누가 나를 찾아와 주겠어요. 당신은 이제 멀리 떠나가 버릴 테니까요. 큰 짐승들이 와도 조금도 겁날 것이 없어요. 내겐 가시가 있으니까요."

그러면서 꽃은 천진난만하게 자신이 갖고 있는 네 개의 가시를 가리켰다. 그리고 말을 이었다.

"그렇게 우물쭈물하지 마세요. 떠나기로 했으면 어서 떠나세요."

그 꽃은 자신의 우는 모습을 어린 왕자에게 보이고 싶지 않았던 것이다. 그렇게도 자존심 강한 꽃이었다.

어린 왕자는 철새들의 이동을 이용하여 별을 떠나 왔으리라 생각한다.

10

어린 왕자의 별은 소혹성 325호, 326호, 327호, 328호, 329호, 330호가 이웃해 있었다. 그래서 일거리도 구하고 무엇을 배우기도 할 생각으로 이 별들부터 차례차례 방문하기 시작했다.

맨 처음 찾아간 별에는 임금님이 살고 있었다.

임금님은 자주색 망토와 수달 가죽으로 만든 옷을 입고 지극히 간소하지만 위엄 있는 옥좌에 앉아 있었다.

"아아! 신하가 하나 왔도다."

어린 왕자를 보자 임금님은 소리쳤다.

'나를 한 번도 본 일이 없는데 어떻게 나를 알아보는 거지?'
하고 어린 왕자는 이상하게 여겼다.

임금님에게는 이 세상이 아주 간단하다는 것을 어린 왕자

는 알지 못했다. 임금님에게는 모든 사람이 신하인 것이다.

"이리 가까이 오라. 짐이 자세히 좀 보아야겠다."

하고 임금님은 비로소 누군가의 왕 노릇을 하게 된 것이 무척이나 자랑스러운 듯 말했다.

어린 왕자는 앉을 자리를 이리저리 찾아보았으나 별 전체가 그 호화찬란한 망토로 온통 뒤덮여 있어 앉을래야 앉을 수가 없었다. 어린 왕자는 피로에 지쳐 하품이 나왔다.

"왕의 어전에서 하품을 하는 것은 예의에 벗어나는 일이니, 짐은 그를 금하노라."

라고 임금님이 말했다.

"하품을 안 할 수가 없습니다. 저는 머나먼 여행을 하고 있는 중이거든요. 게다가 잠을 한숨도 못 잤어요."

어린 왕자는 아주 당황해 하며 이렇게 대답했다.

"그렇다면 하품하기를 명하노라. 짐은 벌써 몇 해째 하품하는 사람을 통 보지 못했느니라. 자! 하품을 하라. 짐의 명령이로다."

"그렇게 말씀하시니 겁이 나서…… 더는 하품을 할 수가 없습니다."

어린 왕자는 얼굴을 붉히며 말했다.

"흠……! 그렇다면 짐이 다시 네게 명하노니 어떤 때는 하품을 하기도 하고, 또 어떤 때는……."

그러면서 임금님은 입 속으로 뭐라뭐라 중얼거렸는데 화가 난 듯했다.

임금님은 무엇보다 자기 권위가 존중되기를 원했다. 그는 불복종을 용납할 수가 없었다. 그는 전권을 가진 임금님인 것이다.

그러나 그는 마음이 착한 임금이기도 했기 때문에 이치에 맞지 않는 명령을 내리지는 않았다.

"만약에 짐이 어떤 장군더러 물새로 변하라고 명령했는데 장군이 이 명령에 복종하지 않는다면, 그것은 장군의 잘못이 아니라 짐의 잘못이로다."
라고 그는 평상시에는 늘 말하곤 했다.

"제가 앉아도 될까요?"

하고 어린 왕자는 조심스레 물었다.

"네게 앉기를 명하노라."

이렇게 대답하며 임금님은 수달 가죽으로 된 망토의 자락을 점잖게 끌어 올려 주었다.

그러나 어린 왕자는 이상한 생각이 들었다. 이렇게 작은 별에서 대체 이 임금님은 무엇을 다스리는 걸까?

"저, 임금님……. 여쭈어 볼 것이 있는데요."

"짐은 네게 질문하기를 명하노라."

임금님은 서둘러 말을 받았다.

"임금님께서는 도대체 이 작은 별에서 무엇을 다스리십니까?"

"모든 것을 다스리노라."

임금님은 아주 간단히 대답했다.

"모든 것을요?"

임금님은 손을 약간 치켜 올려 자기 별과 다른 별들을 두루두루 가리켰다.

"저 별들 모두를 다스리신다고요?"

하고 어린 왕자가 물었다.

"그렇다. 저 별들 모두를……."

하고 임금님은 대답했다.

왜냐하면 그는 전제 군주로서 이 별뿐 아니라 전 우주의 임금이었던 것이다.

"그렇다면 별들이 모두 임금님의 명령에 따르고 있다는 말이군요?"

"물론이니다. 그것들은 모두 내게 복종하노다. 짐은 명령에 따르지 않는 것을 용납하지 아니 하노라."

어린 왕자는 이러한 권능을 감탄해 마지않았다. 자기에게도 이러한 권능이 있다면, 의자를 뒤로 옮길 필요도 없이 해지는 광경을 하루 42번뿐 아니라 72번이나 100번까지라도, 아니 200번까지라도 구경할 수 있었을 것 아닌가?

어린 왕자는 멀리 두고 온 자신의 별이 생각나서 좀 우울했지만, 용기를 내어 임금님에게 한 가지 청을 했다.

"임금님, 저는 해가 지는 광경을 구경하고 싶어요. 괜찮으시다면 해가 지기를 명령해 주세요. 그럼 저는 너무 기쁠 거예요."

"만약에 짐이 어떤 장군더러 나비처럼 이꽃 저꽃으로 날아다니라거나 혹은 희곡을 쓰라거나 혹은 물새로 변하라고 명령을 했는데 장군이 자기가 받은 명령을 이행하지 않는다면, 장군과 짐 둘 중에 누가 잘못이겠는가?"

"그야 임금님의 잘못이죠."

하고 어린 왕자는 당돌하게 대답했다.

"옳도다. 각자에게는 그들이 할 수 있는 것을 요구해야 하느니라. 권위는 우선 이치에 그 터전을 잡는 것이로다. 만약에 네 백성에게 바다에 빠지라고 명령하면 그들은 반란을 일으킬 것이다. 짐에게 복종을 요구할 권리가 있음은 짐의 명령이 이치에 맞을 때에만 그렇게 되는 것이로다."

"그러면 해가 지게 해 달라는 제 부탁은 이치에 맞지 않는 건가요?"

한번 물어 본 것은 절대로 잊어버리는 일이 없는 어린 왕자는 이렇게 말하며 임금님을 일깨웠다.

"음, 그렇다면 너에게 해가 지는 광경을 구경하게 해 주겠노라. 그러나 짐이 다스리는 방식에 따라 상황이 갖추어지기를 기다려야 하노라."

"언제 그러한 상황이 갖추어지는 거죠?"

임금님은 우선 헛기침을 몇 번 하더니 커다란 달력을 찾아보고 나서 대답했다.

"에헴, 에헴, 그것은, 그것은 오늘 저녁 7시 40분경이 될 것이로다. 짐의 명령이 얼마나 잘 이행되는지 너는 보게 될 것이다."

어린 왕자는 하품을 했다. 그는 해가 지는 광경을 보지 못하게 된 것이 못내 섭섭했다. 그리고 이제 좀 심심해지기 시작했다.

"제가 여기서 할 일이라곤 아무것도 없으니 다시 떠나겠습니다."

신하를 한 사람 갖게 된 것이 몹시도 자랑스러웠던 임금님은 대답했다.

"가지 마라. 짐이 너를 대신으로 삼겠다!"

"무슨 대신이요?"

"사…… 사법 대신이로다!"

"그렇지만 판결을 받을 사람이 아무도 없는데요."

"그건 모르겠노라. 짐은 아직 나라를 순시한 일이 없도다. 짐은 매우 연로한데 걸어다니면 피곤해지고 그렇다고 마차를 타고 다닐 자리도 없느니라."

"그것 참 안되셨군요! 하지만 저는 이미 별의 구석구석을 다 보았는걸요."

허리를 굽혀 별 저쪽을 다시 한번 둘러보며 어린 왕자는 말했다.

"저쪽에도 아무도 없어요."

"판결 받을 사람이 아무도 없다면 너 자신을 판단하라. 이것이 가장 어려운 일이로다. 남을 판단하기보다는 자기 자신을 판단하는 것이 훨씬 더 어려운 것이니라. 네가 네 자신을 잘 판단하게 되면 너는 참으로 지혜로운 사람이로다."

"저는 아무데서라도 제 자신을 판단할 수가 있는걸요. 그러니 굳이 여기서 살 필요는 없을 것 같아요."

"에헴, 에헴! 짐의 별 어디엔가 늙은 쥐 한 마리가 있는 듯하도다. 밤에 그 쥐가 다니는 소리가 들리노니 너는 그 늙은 쥐를 판결하거라. 그 쥐를 이따금씩 사형에 처하라. 그 쥐의 생명은 네 심판에 달려 있느니라. 그러나 매번 특사를 내려서 쥐를 살려 두도록 하라. 그건 한 마리밖에 없는 까닭이로다."

"저는 어떠한 경우에라도 사형 따위는 싫습니다. 아무래도 가봐야겠어요."

"아니되도다!"

어린 왕자는 이미 떠날 준비가 다되었지만 나이 많은 임금님의 마음을 섭하게 해 드리고 싶지는 않았다.

"임금님, 만약 임금님의 명령이 조금도 어김없이 이행되기를 원하신다면 지금 제게 이치에 맞는 명령을 내려 주세요.

지금 저에게 1분 안에 떠나가라고 명령하신다면 아주 좋은 조건이 갖춰진 것 같다는 생각이 드는데요."

임금님은 아무 대답도 하지 않았다. 어린 왕자는 그런 임금님을 보면서 좀 망설이다가 한숨을 내쉬며 이내 길을 떠났다.

그러자 임금님이 급하게 소리쳤다.

"너를 짐의 대사로 임명하노라."

임금님은 잔뜩 위엄을 부렸다.

어린 왕자는 길을 떠나며 생각했다.

'어른들은 정말이지 이상해!'

11

두 번째로 찾아간 별에는 허영심에 빠진 사람이 살고 있었다.

"아, 아! 나를 숭배하는 자가 찾아오는구나!"

허영심이 많은 사람은 어린 왕자를 보자마자 멀리서부터 소리쳤다.

그에게는 다른 사람이 모두 자신을 찬미하는 숭배자로 보이는 것이었다.

"안녕하세요. 아저씨는 이상한 모자를 쓰고 있네요."

어린 왕자가 말했다.

"이것은 인사를 할 때 쓰기 위한 모자란다. 사람들이 내게 갈채를 보낼 때 답례를 하기 위한 모자지. 그런데 불행하게도 이곳을 지나가는 사람이 아무도 없었단다."

"그래요?"

어린 왕자는 건성으로 대답했으나 그가 도대체 무슨 말을 하는지 알아들을 수가 없었다.

"네 손뼉을 쳐 보거라."

하고 허영심 많은 사람이 시켰다.

"이건 임금님의 별에 갔던 것보다 더 재미있는데."

어린 왕자는 이렇게 중얼거렸다.

어린 왕자는 그가 시키는 대로 박수를 치기 시작했다.

허영심 많은 사람은 모자를 들며 절을 했다. 5분 동안이나 이렇게 단조로운 행동을 계속한 어린 왕자는 이 장난에 그만 싫증이 났다.

"그 모자를 아주 벗어 버리게 하려면 어떻게 해야 하지요?"

어린 왕자가 물었지만 허영심 많은 사람의 귀에는 그의 말이 들리지 않았다.

그는 칭찬하는 말이 아니면 아무것도 귀에 들어오지 않는 것이었다.

"너는 진정으로 나를 숭배하고 있느냐?"

하고 허영심 많은 사람이 어린 왕자에게 물었다.

"숭배하다니요? 도대체 그게 무슨 뜻인데요?"

"숭배한다는 것은 내가 이 별에서 가장 잘생기고, 가장 옷을 잘 입고, 가장 돈이 많으며 가장 똑똑하다는 것을 네가 인정한다는 말이야."

"그렇지만 이 별에는 아저씨 혼자밖에 없지 않아요?"

"부탁이니 날 즐겁게 해 다오. 어찌 됐든 네가 나를 숭배해 다오!"

"그러지요, 뭐. 아저씨를 숭배할게요. 그렇지만 그게 아저씨한테 무슨 소용이 있는 거죠?"

어린 왕자는 어깨를 약간 들썩이며 말했다.

그리고 어린 왕자는 그 별을 떠났다.

어린 왕자는 길을 가는 동안, 이렇게 생각할 뿐이었다.

'어른들은 정말이지 이상해!'

12

그 다음 찾아간 별에는 술고래가 살고 있었다.

이 별에는 아주 잠깐밖에 머무르지 않았으나 어린 왕자는 아주 마음이 우울해졌다.

"아저씨, 거기서 무얼 하고 계시는 거예요."

빈 술병 한 무더기와 가득 찬 술병 한 무더기를 앞에 늘어 놓고 우두커니 앉아 있는 술고래를 보며 어린 왕자가 물었다.

"술 마시지."

술고래는 몹시 침울한 안색으로 대답했다.

"술은 왜 마시죠?"

"잊어버리려고 마신다."

"잊다니요? 무얼 잊어버려야 하는데요?"

어린 왕자는 그 술고래가 측은하다는 생각이 들었다.

"창피한 걸 잊어버리려고 그래."

술고래는 머리를 숙이며 대답했다.

"무엇이 그렇게 창피한데요?"

어린 왕자는 그를 구원해 줄 생각이 들어 이렇게 물었다.

"술 마시는 게 창피한 거야!"

술고래는 이렇게 말하고 영영 입을 다물어 버렸다.

어린 왕자는 머리를 갸웃거리면서 그 별을 떠났다.

어린 왕자는 여행을 계속하면서 생각했다.

'어른들은 정말 이상해!'

13

네 번째 별에는 상인이 살고 있었다. 이 사람은 무엇이 그리 바쁜지 어린 왕자가 찾아왔는데도 고개조차 들어 보지 않았다.

"안녕하세요. 담뱃불이 꺼졌어요."
하고 어린 왕자가 말했다.

"셋에다 둘을 더하면 다섯, 다섯하고 일곱이면 열둘, 열둘에 셋을 더하니까 열다섯이다. 안녕? 열다섯에다 일곱하면 스물둘, 스물둘에다 여섯하면 스물여덟, 아이고, 담배에 불을 붙일 시간도 없다. 스물여섯에 다섯을 보태면 서른하나라. 휴우! 그러니까 5억 162만 2,731이 되는구나."

"5억이라니, 무엇이 5억이에요?"

"응? 너 그저 거기 있었니? 저어…… 5억 100만이란…… 어, 잊어버렸네. 하도 바빠서. 아니, 넌 굳이 알 필요 없다. 어쨌든 나는 너무 바쁜 사람이야. 쓸데없는 일에 말려들고 싶지는 않다. 난 지금 너무나 중요한 일을 하고 있거든. 둘에다 다섯이면 일곱……."

"무엇이 5억 100만이냐니까요?"

한번 물어 본 말은 그냥 지나쳐 본 일이 없는 어린 왕자가 다시 한번 물었다.

상인은 그제서야 머리를 쳐들고 말했다.

"나는 벌써 54년 동안 이 별에서 살고 있지만 그 동안에 방해를 받은 적은 딱 세 번뿐이야. 첫번째는 22년 전인데 어디선가 풍뎅이 한 마리가 날아와 떨어졌지. 그놈이 어떻게나 요

란스러운 소리를 내며 시끄럽게 날아다니던지 더하기를 네 번이나 틀렸지 뭐냐. 두 번째는 11년 전 얘긴데 신경통 때문에 일어났지. 나는 운동 부족이야. 도무지 산책할 시간을 낼 수가 없단다. 나는 이래봬도 매우 중요한 일을 하고 있는 사람이거든. 그리고 세 번째가 바로 너다. 가만 있자, 5억 100만…… 이라고 했지!"

"무엇이 5억이에요?"

상인은 어린 왕자의 질문 때문에 조용히 일할 가망이 없음을 깨달았다.

"이따금 하늘에 보이는 저 조그마한 것들 말이다."

"파리 말하는 거예요?"

"아니, 그게 아니라 반짝반짝 빛나는 저 작은 것들 말이야."

"벌이요?"

"아니라니까! 게으름뱅이들을 공상에 빠지게 하는 금빛 도는 조그만 것들 말이다."

"아! 별들 말이군요?"

"그래. 별 말이지."

"아저씨는 그 별 5억 100만 개를 가지고 무얼 하는데요?"

"정확히 5억 162만 2,731개란다. 나는 부지런하고 정확한 사람이다."

"글쎄, 아저씨는 그 별을 가지고 무얼 하느냐고요?"

"무얼 하느냐고?"

"네."

"하긴 무얼 해. 그걸 차지하는 거지."

"아저씨가 그 별을 차지한다고요?"

"그렇단다."

"그렇지만 난 벌써 임금님을 만났는데 그 임금님이……."

"임금님은 아무것도 가지지 않아. 차지하는 것이 아니라 그저 다스리는 것뿐이지. 차지하는 것과 다스리는 것, 즉 소유한다는 것과 지배한다는 것은 아주 다른 거야."

"그럼, 별을 차지하는 게 아저씨한테 무슨 의미가 있는 거예요?"

"부자가 되는 거지."

"그럼 또 부자가 되는 건 무슨 소용이 있어요?"

"누가 새로운 별을 발견하면 그걸 또 사는 데 필요하지."

'이 상인도 아까 만난 술고래와 비슷한 말을 하는군.'

하고 어린 왕자는 생각했다.

그러나 어린 왕자는 질문을 계속했다.

"어떻게 하면 별을 차지할 수가 있어요?"

"별이 도대체 누구 것이냐고?"

상인은 트집을 부리며 되물었다.

"잘은 모르지만 별은 그 누구의 것도 아니라고 생각해요."

"그러니까 내 것이지. 내가 제일 먼저 그걸 생각했으니까."

"생각하는 것만으로도 자기의 것이 되는 건가요?"

"그럼, 되고 말고. 네가 임자 없는 금강석을 발견하면 그 금강석은 네 것이 되는 거지. 임자 없는 섬을 발견해도 네 것이 되는 거야. 네가 어떤 생각을 맨 처음으로 해냈다면 그것에 대해서도 너는 바로 특허를 얻을 수가 있지. 그 생각은 너의 것이니까. 별을 차지할 생각을 나보다 먼저 한 사람이 없으니까 별들이 내 차지가 되는 것이란다."

"그렇군요. 하지만 그렇다고 해서 그걸 가지고 무얼 하지요?"

"그걸 관리한단다. 그 별들을 세고 또 세면서 말이야. 그건 어려운 일이지만 나는 워낙 꼼꼼한 사람이고 중대한 일에 관심을 많이 쏟으니까 그 일을 해내고 있는 거란다."

어린 왕자는 그래도 만족하지 않았다.

"나는 말이에요, 목도리가 있으면 그걸 목에 두르고 다닐 수가 있어요. 또 꽃이 있으면 그걸 따서 어디든지 가지고 다닐 수도 있어요. 그렇지만 아저씨는 별을 딸 수가 없잖아요."

"그야 그렇지. 하지만 그걸 은행에 맡길 수는 있단다."

"그건 또 무슨 뜻이에요?"

"조그만 종이 쪽지에다 내 별의 개수를 적어서 서랍에 넣고 자물쇠로 꼭꼭 잠가 두면 되는 거야."

"그것뿐이에요?"

"그렇지. 그것으로 끝나는 거지."

'재미있군. 꽤 시적인데. 그렇지만 그리 중대한 일은 아니야.'

하고 어린 왕자는 생각했다.

어린 왕자는 중대한 일이라는 데에 대해서 어른들과는 다른 생각을 가지고 있었다.

"나에겐 꽃이 하나 있는데 난 그 꽃에 매일 물을 주어요. 또 화산이 3개 있어서 일주일에 한 번씩 청소해 주기도 하고요. 불이 꺼진 화산까지도 전부 청소해 주지요. 언제 어떻게 될지 모르니까요. 나는 내가 갖고 있는 꽃이나 화산에게 좋은 일을 해 준 거예요. 그렇지만 아저씨는 별들에게 그다지 이로울 게 없어요."

상인은 무슨 말인가 하려 했으나 마땅히 대답할 말이 생각나지 않았다. 그래서 어린 왕자는 그 별을 떠났다.

어린 왕자는 길을 가며, 이렇게 생각할 뿐이었다.

'어른들은 정말이지 이상해!'

14

다섯 번째 별은 아주 이상한 별이었다. 별들 중 가장 작은 별이어서 그저 가로등 하나와 점등인 하나를 받아들일 만한 자리가 있을 뿐이었다. 하늘 한 구석, 집도 없고 사람도 없는 별에, 가로등과 점등인이 무슨 필요가 있는 것인지 어린 왕자는 도무지 이해할 수가 없었다. 그래서 어린 왕자는 이런 생각을 했다.

'이 사람도 어리석은 사람일 거야. 그래도 임금님이나 허영심 많은 사람이나 술고래나 상인보다는 덜 어리석을지도 몰라. 적어도 이 사람이 하는 일은 무언가 뜻이 있어 보이니까. 가로등을 켜는 일은 별을 더욱더 빛나게 하거나 꽃봉오리를 피어나게 하는 일과 같은 거야. 가로등을 끄면 꽃은 시들게 되고 별은 잠들게 돼. 그러니까 이건 매우 아름다운 일이야.'

그 별에 발을 들여놓으며 어린 왕자는 점등인에게 공손히 인사를 했다.

"안녕하세요, 왜 지금 가로등을 끄셨나요?"

"명령이란다. 안녕! 좋은 아침이구나."

점등인이 대답했다.

"어떤 명령인데요?"

"가로등을 끄라는 명령이지. 안녕! 멋진 저녁이구나."

그러고 나서 점등인은 다시 가로등을 켰다.

"그런데 왜 또 가로등을 다시 켰어요?"

"명령이니까."

"무슨 소린지 도무지 모르겠어요."

하고 어린 왕자가 말했다.

"네가 알든 모르든 상관없어. 명령은 명령이니까. 안녕! 상쾌한 아침이구나."

그러면서 점등인은 가로등을 다시 껐다. 그런 다음 붉은 바둑판 무늬가 그려진 손수건으로 이마의 땀을 닦아 냈다.

"정말이지, 내가 지금 하는 일은 참으로 기막힌 일이란다. 전에는 모두 이치에 맞는 괜찮은 일이었지. 아침이 되면 불을 끄고 저녁이 되면 다시 켰으니까. 그리고 나머지 낮 동안에는 쉴 수도 있고 밤엔 잘 수도 있었으니 말이다."

"그럼 그 뒤로 명령이 바뀌었어요?"

"명령이 바뀌지 않았으니까 큰일이란 거다. 별은 해마다 자꾸자꾸 더 빨리 도는데 명령은 그대로 있으니 원……."

"그래서요?"

"지금은 별이 1분에 한 번씩 도니 이젠 1초도 쉴 시간이 없

지금 내가 하는 일은 참으로 기막힌 일이란다.

구나. 1분에 한 번씩 켰다가 껐다가 해야 하니까!"

"그거 참 이상한데요. 아저씨네 별에서는 하루가 1분이에요?"

"조금도 이상할 것이 없다. 우리가 지금 이야기하고 있는 동안 벌써 한 달이나 지나갔다."

"한 달이라고요!"

"그래. 30분이 지났으니 30일이지. 안녕! 좋은 저녁이구나."

그리고 점등인은 또다시 가로등의 불을 켰다.

어린 왕자는 조용히 점등인을 바라보며 이렇게까지 명령에 충실한 이 사람이 좋아졌다.

그러자 어린 왕자는 전에 의자를 옮겨 가며 해지는 걸 보고 싶어했던 자신의 지난 일이 생각나서 이 사람을 도와 주고 싶었다.

"아저씨, 나는 아저씨가 쉬고 싶을 때 쉴 수 있는 방법을 알고 있어요. 그걸 가르쳐 드리고 싶은데……."

"그야 쉬고 싶다뿐이겠니?"
하고 점등인은 말하였다.

사람은 누구나 부지런히 일하면서도 가끔은 게으름을 피우고 싶을 때가 있는 법이다.

어린 왕자는 말을 이었다.

"아저씨 별은 하도 작아서 세 발자국만 걸으면 한 바퀴 돌 수가 있어요. 그러니까 언제든지 해를 볼 수가 있게끔 천천히 걷기만 하면 되는 거예요. 아저씨가 쉬고 싶을 때는 그렇게 천천히 걸어 보세요. 그러면 아저씨가 원하는 만큼 낮이 계속

될 거예요."

"그렇게 해 보았자 내게는 별로 도움이 될 것 같지 않구나. 내가 이 세상에 사는 동안 하고 싶은 것은 잠을 자는 것이니까. 계속해서 걷기만 한다면 잠을 잘 수가 없는 것 아니겠니?"

"정말 안됐군요."

하고 어린 왕자가 말했다.

"안됐고 말고. 아, 또 아침이 되었구나. 안녕!"

하며 점등인이 말했다. 그리고 그는 가로등을 껐다.

어린 왕자는 다시 길을 가며 이런 생각을 했다.

'이 사람은 아마도, 임금님이나 허영심 많은 사람이나 술고래나 상인에게 멸시를 당할지도 몰라. 그러나 어리석게 생각되지 않는 사람은 이 사람 하나뿐이야. 그건 아마도 자기 자신을 위해서가 아니라 남을 위해서 열심히 일하기 때문이겠지…….'

어린 왕자는 못내 섭섭해서 한숨을 내쉬며 또 이런 생각을 하였다.

'내가 친구로 삼을 만한 사람은 저 사람 하나뿐이었어. 그렇지만 그 별은 너무 작아서 둘이 있을 자리가 없는걸.'

어린 왕자는 가슴속에 차마 고백하지 못한 것이 있었다. 그것은 무엇보다도 24시간 동안에 해가 1,440번이나 진다는 사실이었는데, 이것은 해가 지는 아름다운 광경을 하루에 1,440번이나 볼 수 있는 이 복받은 별을 어린 왕자가 못 잊어 한다는 사실이었다.

15

여섯 번째 별은 다섯 번째 별보다 열 배나 더 큰 별이었다. 거기에는 어마어마하게 큰 책을 쓰고 있는 늙은이가 살고 있었다.

"오! 탐험가가 하나 왔군 그래."

어린 왕자를 보자 늙은이는 소리를 질렀다.

어린 왕자는 책상 앞에 앉아서 약간의 숨을 몰아쉬었다. 지금까지 몹시도 긴 여행을 했던 것이다.

"너는 어디서 오는 길이니?"

하고 늙은이가 말했다.

"이 두꺼운 책은 무슨 책이에요? 할아버지는 여기서 무얼 하고 계세요?"

하고 어린 왕자는 말했다.

"나는 지리학자야."

"지리학자가 뭔데요?"

"바다가 어디 있고 강이 어디 있고 도시와 산과 사막이 어디 있는지 알아내는 학자지."

"그건 정말 재미있겠는데요. 이제야 진짜 값진 일을 보게 될 것 같아요."

어린 왕자는 지리학자의 별을 한 바퀴 둘러보았다. 그는 아직 이처럼 훌륭한 별을 본 일이 없었다.

"할아버지 별은 참 아름다워요. 이곳엔 큰 바다도 있나요?"

"그건 모른단다."

지리학자가 대답했다.

"그럴 리가 있나요? 할아버지는 지리학자인걸요."

어린 왕자의 기대가 어그러졌다.

"산은요?"

"그것도 몰라."

"그럼 도시며 강이며 사막은요?"

"그것도 알 수 없어."

"할아버지는 지리학자라면서 그런 말씀을 하세요?"

"그야 그렇지. 그러나 나는 탐험가는 아니란다. 탐험가하고는 거리가 멀지. 지리학자는 도시며 강이며 산이며 바다며 사막들을 살피러 돌아다니지는 않아. 지리학자는 아주 중요한 일을 하기 때문에 한가하게 돌아다닐 틈이 없는 거야. 늘 서재를 떠날 수가 없지. 그러나 서재에서 탐험가들을 만나 보기는 한단다. 탐험가가 찾아와서 여러 가지 이야기를 해 주면 나는 그것들을 기록해 두지. 그리고 어느 탐험가의 이야기에 흥미가 생기면 지리학자는 그 탐험가가 진실한 사람인지 아닌지 그 됨됨이를 조사하는 거야."

"그건 왜요?"

"어떤 탐험가가 만약 거짓말을 했다면 지리책에 커다란 변화를 일으켜 엉터리 책이 되고 말지. 또 술을 너무 많이 마시는 탐험가도 그렇고."

"그건 어째서 그렇죠?"

"주정꾼들은 술에 취해 하나밖에 없는 사물을 둘로 보기 때문이야. 그렇게 되면 지리학자는 산이 하나밖에 없는 곳에 두 개 있다고 기록할 게 아니겠니?"

"나는 좋지 못한 탐험가가 될 만한 사람을 알고 있어요."

"그럴 수도 있겠지. 그래서 탐험가의 인격이 좋아 보이면 그가 발견한 것에 대해서 조사를 한단다."

"직접 보러 가시는 거예요?"

"아니야. 그건 너무 성가셔. 대신 탐험가에게 여러 가지 증거물을 내보이라고 요구를 하지. 가령 큰 산을 발견했다면 거기서 큰 돌을 가져와 보라고 말한단다."

이렇게 말하더니 늙은 지리학자는 갑자기 활기를 띠며 말을 하기 시작했다.

"오, 그래! 너는 멀리서 왔지? 넌 훌륭한 탐험가야. 네가 살던 별 이야기를 해 다오."

늙은 지리학자는 책을 펼쳐 놓고 연필을 깎았다. 그는 탐험가들의 이야기를 우선 연필로 적어 둔다. 그리고 나서 나중에 탐험가가 증거품을 내놓아야만 잉크로 적는 치밀한 사람이었다.

"그래서?"

하고 지리학자는 무언가를 기대한다는 듯 물었다.

"제 별 말이에요? 제 별은 별로 흥미 있는 것이 못 돼요. 아주 작은 별이죠. 화산이 셋이 있는데 둘은 활화산이고 하나는 사화산이에요. 그렇지만 그 화산들이 언제 어떻게 폭발할지는 아무도 몰라요."

"그렇지. 어떻게 될지 아무도 알 수 없지."

"제 별에는 꽃도 하나 있어요."

"나는 꽃을 기록하지는 않아."

"어째서요? 아주 아름다운 꽃인데요."

"꽃이란 덧없는 거란다."

"덧없다니요? 그건 무슨 말이에요?"

"지리책은 모든 책 중에서 가장 귀중한 책이야. 그것은 절대로 시대에 뒤떨어지는 법이 없지. 산이 자리를 바꾼다는 건 아주 드문 일이고, 큰 바다의 물이 말라 버린다는 것도 좀처럼 있을 수 없는 일이잖니. 나는 그렇게 변하지 않는 것만 쓴단다."

"그렇지만 사화산도 다시 불을 뿜을 수 있어요."
하고 어린 왕자가 말을 막았다.

"그런데 덧없다는 건 무슨 뜻이에요?"

"화산의 불이 꺼졌든 아니면 불을 다시 내뿜든 모두 마찬가지야. 중요한 것은 산이야. 산은 좀처럼 변하지 않으니까."

"그런데 덧없다는 건 무슨 뜻이에요?"

한번 물어 본 것은 그냥 지나쳐 버리는 일이 없는 어린 왕자가 연거푸 물었다.

"그것은 오래지 않아 사라져 없어진다는 뜻이야."

"내 꽃이 오래지 않아 사라질 염려가 있다는 건가요?"

"아무렴. 사라지고 말고."

'내 꽃이 덧없는 꽃이라고! 자기를 보호할 수단이라곤 4개의 가시밖에 없는 그런 꽃을 혼자 별에 버려 두고 왔구나!'
하고 어린 왕자는 생각했다. 이것이 어린 왕자가 처음으로 느끼는 후회의 감정이었다. 어린 왕자는 꽃이 그리워졌다. 그러나 그는 다시 용기를 내어 물었다.

"할아버지, 제가 이제 어느 별에 가보는 게 좋을까요?"

"지구라는 별에 가보거라. 그 별은 평판이 꽤 좋더구나."

그리하여 어린 왕자는 멀리 홀로 남겨 둔 제 꽃을 생각하면서 길을 떠났다.

16

일곱 번째 별은 그러니까 지구였다.

지구는 시시한 별이 아니었다. 거기에는 임금님이 111명, 허영심 많은 사람이 3억 1,100만 명, 술고래가 750만 명, 상인이 90만 명, 지리학자가 7,000명 등 이럭저럭 20억 가량 되는 어른들이 살고 있었다.

전기를 발명하기 전까지는 6대주 전체를 통틀어 46만 2,511명이라는 엄청난 수의 점등인을 두어야 했다는 말을 하면 지구의 크기가 얼마나 큰지 짐작이 갈 것이다.

좀 멀리 떨어진 데서 보면 점등인이 가로등에 불을 켜는 모습은 찬란한 광경이었다. 이러한 점등인의 움직임은 마치 가극에서 보는 발레의 움직임처럼 질서 정연해 보였다. 우선 뉴질랜드와 오스트레일리아의 점등인들이 제일 먼저 가로등의 불을 켠다. 이들이 등불을 켜고 자러 가고 나면, 이번에는 중국과 시베리아의 점등인들이 춤을 추러 나온다. 그리고 이들 역시 무대 뒤로 사라지면, 다음은 러시아와 인도의 점등인들 차례였다. 그 다음은 아프리카와 유럽, 다음은 남아메리카 그리고 북아메리카, 이런 순서였다. 그런데 그들이 무대에 등장하는 순서가 틀리는 일은 절대로 없었다. 그것은 정말 멋진 광경이었다. 다만, 북극에 하나밖에 없는 가로등을 켜는 사람과 남극에 하나밖에 없는 가로등을 켜는 사람만이 한가롭고 마음 편한 생활을 하고 있었으니, 그들은 1년에 두 번만 일을 하면 되는 것이었다.

17

재치를 부리려고 하면 사람들은 약간의 거짓말을 하게 되는 수가 있다. 내가 말한 점등인들 이야기는 아주 정직한 것만은 아니다. 이것은 지구에 대해 잘 모르는 사람들에게 지구에 대해 틀린 생각을 갖게 할 염려가 없지 않다. 사람들은 지구 위의 아주 작은 부분밖에는 차지하지 못하고 있다. 지구에 사는 20억 명이 어떤 큰 모임을 열어 한 곳으로 가까이 모여 선다면 아마도 길이 20마일에 넓이 20마일 정도 되는 광장 안에 넉넉히 들어갈 수 있을 것이다. 또 전 인류를 태평양의 아주 조그만 섬 안으로 몰아넣을 수도 있을 것이다.

이렇게 말하면 어른들은 물론 이 말을 거짓이라고 생각할지도 모른다. 어른들은 자기들이 훨씬 더 넓은 장소를 차지하고 있는 줄로 생각하기 때문이다. 마치 자기들이 바오밥나무같이 중요한 줄로만 착각하고 있다. 그러므로 어른들에게 한

번 계산을 해 보라고 하면 그들은 뛸 듯이 기뻐할 것이다.

어른들은 숫자를 대단히 좋아하니까 말이다. 그러나 여러분은 이 문제를 푸느라고 시간을 낭비할 필요가 없다. 내 말을 믿으면 된다. 어차피 아무것도 해결될 게 없으니까.

어린 왕자는 지구에 이르자 아무하고도 만날 수가 없었다. 정말이지 무척이나 이상하다는 생각이 들었다. 그래서 벌써 지구를 지나쳐 다른 별에 찾아오지 않았나 하는 생각이 드는 참이었는데, 그때 모래 위에서 달빛 같은 가느다란 고리가 움직이는 것이 보였다.

"안녕."

하고 어린 왕자는 친절하게 말했다. 그랬더니,

"안녕."

하고 뱀이 대답했다.

"내가 지금 어느 별에 와 있는 거니?"

하고 어린 왕자는 물었다.

"지구야, 아프리카라는 곳이지."

뱀이 대답했다.

"아, 그래! 그럼 지구에는 사람이 하나도 없니?"

"여기는 사막이야. 사막에는 사람이 살지 않아. 그렇지만 지구는 크단다."

하고 뱀이 대답했다. 어린 왕자는 돌 위에 걸터앉아 하늘을 쳐다보며 말했다.

"별들은 모든 사람들이 언제고 저를 찾아낼 수 있으리라 생각하고 저렇게 빛을 내는 걸까? 내 별을 봐. 바로 우리 머리

넌 아주 이상하게 생긴 동물이구나. 손가락처럼 가느다란 것이…….

위에서 빛나고 있어. 하지만 멀기도 하지!"

"예쁜 별이로구나. 그런데 너는 왜 여기에 왔니?"

하고 뱀이 말했다.

"어떤 꽃하고 문제가 생겨서 떠나 왔어."

하고 어린 왕자는 대답했다.

"그래?"

그러고 나서 그들은 입을 다물었다.

"사람들은 어디에 있니? 사막이라는 곳은 좀 쓸쓸해 보이는데……."

이윽고 어린 왕자는 다시 입을 열었다.

"사람들 틈에 있어도 외로운 건 마찬가지야."

하고 뱀이 대답했다.

"넌 아주 이상하게 생긴 동물이구나. 손가락처럼 가느다란 것이……."

"하지만 나는 임금님의 손가락보다도 더 무서워."

어린 왕자는 빙그레 웃으며 말했다.

"그렇게 무섭지도 않은데 뭐. 넌 다리도 없잖아. 그렇다면 여행도 못하겠는걸."

"난 너를 어떠한 배보다도 멀리 데려다 줄 수가 있어."

뱀은 어린 왕자의 발목에 팔찌 모양으로 감기며 이런 말을 했다.

"내가 건드리는 사람은 자기가 왔던 땅으로 다시 돌아가게 돼. 하지만 넌 순진하고 또 별에서 왔으니 물진 않겠어."

어린 왕자는 대답하지 않았다.

"너같이 연약한 아이가 바위투성이 땅 위에 있는 것을 보니 가엾다는 생각이 드는구나. 네 별이 몹시 그리우면 나는 언제고 너를 도와 줄 수가 있어. 나는……."

"아아, 잘 알았어. 그런데 어째서 너는 밤낮 수수께끼 같은 말만 하니?"

어린 왕자는 말했다.

"난 그 수수께낄 모두 풀어 줄 수 있어."

뱀이 말했다.

그러고 나서 그들은 입을 다물었다.

18

어린 왕자는 사막을 가로질렀으나 만난 것이라고는 꽃 하나밖에 없었다.

꽃잎이 셋 달린 아주 보잘것없는 꽃이었다.

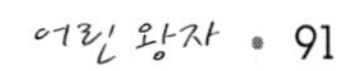

"안녕."
어린 왕자가 말했다.
"안녕."
꽃도 대답했다.
"사람들은 어디 있니?"
어린 왕자는 공손히 물었다.
이 꽃은 어느 날 낙타를 타고 지나가는 큰 상인들을 본 일이 있었다.
"사람들? 글쎄, 예닐곱 명 있기는 한가 봐. 몇 해 전엔가 그 사람들을 본 적이 있어. 그렇지만 어딜 가야 그들을 만날 수 있을지는 모르겠어. 바람이 부는 대로 떠돌아다니니까. 그 사람들은 나처럼 뿌리가 없어. 그래서 많이 불편한가 봐."
"잘 있어라."
어린 왕자가 말했다.
"잘 가."
꽃도 대답했다.

19

어린 왕자는 높은 산에 올라갔다. 그가 아는 산이라고는 자신의 별에 있는, 무릎까지 와닿는 3개의 화산밖에 없었다. 꺼진 화산을 그는 의자 대신 사용하곤 했었다.

어린 왕자는 이런 생각을 했다.

'이렇게 높은 산이라면 한눈에 지구 전체와 이곳에 사는 사람들을 다 볼 수 있겠지.'

그러나 그가 겨우 본 것이라곤 몹시 날카로운 바위로 된 산봉우리뿐이었다.

"안녕."

그는 무턱대고 인사를 했다. 그랬더니,

"안녕…… 안녕…… 안녕……."

메아리가 대답했다.

"넌 누구니?"

이 별은 아주 메마르고 뾰족하고 게다가 소금까지 버석버석해.

하고 어린 왕자가 말하니,

"넌 누구니…… 넌 누구니…… 넌 누구니……."

하고 메아리가 대답했다.

"내 친구가 되어 줘. 나는 외로워."

어린 왕자가 말했다.

"나는 외로워…… 나는 외로워…… 나는 외로워……."

하고 메아리가 또 대답했다.

그래서 어린 왕자는 이런 생각을 했다.

'이상한 별이구나. 아주 메마르고 뾰족하고 게다가 소금까지 버석버석해. 사람들은 상상력도 없이 앵무새처럼 남이 하는 말을 되뇌이기나 할 뿐이니……. 내 별에는 꽃이 하나 있었지만 그 꽃은 언제나 내게 먼저 말을 걸곤 했는데…….'

20

어린 왕자는 오랫동안 모래 사막과 바위투성이와 눈 위를 헤맨 끝에 마침내 길을 하나 찾게 되었다. 길은 모두 사람들이 있는 데로 나 있기 마련이다.

"안녕."
하고 어린 왕자가 말했다.

그곳은 장미꽃들이 피어 있는 정원이었다.

"안녕."
하고 장미꽃들도 말했다.

어린 왕자가 꽃들을 쳐다보니 모두 자기 별에 두고 온 제 꽃과 비슷한 것이었다. 그래서 무척이나 놀라며 꽃들에게 물었다.

"너희들은 누구니?"

"우리들은 장미꽃이야."

"아, 그래?"

어린 왕자는 자기 자신이 아주 불행하게 생각되었다.

자기 별에 두고 온 그 꽃은 이 세상에 자기와 같은 꽃은 하나도 없다고 늘 뽐내며 말했었는데, 지금 이 정원 하나만 해도 똑같은 꽃이 5,000송이나 있지 않은가!

'내 꽃이 이 정원을 본다면 무척 당황할 거야…….'

어린 왕자는 이렇게 생각했다.

'아마 창피한 꼴을 겪지 않으려고 몹시도 기침을 해대며 죽는 시늉을 할지도 몰라. 그러면 나는 또 그 꽃을 간호해 주는 척해야 되겠지. 그렇지 않으면 나를 혼내 주려고 정말 죽어 버릴지도 몰라…….'

어린 왕자는 또 이런 생각을 했다.

'나는 이 세상에 하나밖에 없는 진귀한 꽃을 가졌다고 생각했지. 하지만 내가 정작 갖고 있던 것은 흔해빠진 장미꽃 한 송이와 무릎에 닿는 화산 셋뿐이었어. 그 중에 하나는 영영 꺼져 버렸는지도 모르는 사화산이었으니……. 그런 것만 가지고는 위대한 왕자가 될 수 없어…….'

그래서 어린 왕자는 풀밭에 엎드려 울었다.

21

이때 여우가 나타났다.

"안녕."

하고 여우가 말했다.

"안녕."

하고 어린 왕자는 공손히 대답하며 뒤를 돌아보았다. 아무것도 보이지 않았다.

"나, 여기 있어. 사과나무 아래에……."

하는 목소리가 들렸다.

"너는 누구니? 참 예쁘구나."

하고 어린 왕자가 말했다.

"나는 여우야."

"이리 와서 나하고 놀자. 난 지금 너무 쓸쓸해."

"난 너하고 놀 수가 없어. 우린 서로 길들여지지 않았으니까."

하고 여우가 대답했다.

"그래? 그렇다면 미안해."

한동안 생각에 잠겨 있던 어린 왕자가 덧붙여 말했다.

"네가 말한 '길들여진다'는 게 무슨 뜻이지?"

"넌 여기 사는 아이가 아니로구나. 넌 대체 여기서 무얼 찾고 있는 거니?"

하고 여우가 말했다.

"나는 사람들을 찾고 있어. 근데 '길들여진다'는 건 무슨 말이니?"

"사람들은 총을 가지고 사냥을 하지. 그건 생각만 해도 무시무시한 노릇이야. 사람들은 또 닭을 기르기도 해. 사람들은 그런 것만 필요할 뿐이야. 너도 닭을 찾고 있는 거니?"

"아니, 난 친구를 찾고 있어. 근데 '길들여진다' 는 것은 무슨 말이니?"

"그건 사람들에게 너무나 잊혀져 있는 말인데……. 그것은 '서로 관계를 맺는다' 는 뜻이야."
하고 여우가 대답했다.

"서로 관계를 맺는다고?"

"물론이지. 내게 있어서 너는 아직 수십 만 명의 어린아이들과 조금도 다를 게 없는 아이에 불과해. 그래서 나는 네가 필요 없고 너 역시 내가 아쉽지도 않아. 네게도 나라는 존재는 수많은 다른 여우들과 다를 바 없지. 그렇지만 네가 나를 길들이면 우리는 서로 그리워질 거야. 너는 내게 있어서 세상에서 하나밖에 없는 아이가 될 것이고, 또한 나는 네게 있어서 이 세상에 하나밖에 없는 여우가 되는 거지……. "

"이제 겨우 알 것 같아."
하고 어린 왕자는 말했다.

"내겐 꽃이 하나 있었는데……, 그 꽃이 날 길들였나 봐……."

"그럴 수도 있겠지, 지구에는 별의별 일이 다 있으니까……."

"으응, 그건 지구에서 있었던 일이 아니야."
하고 어린 왕자가 대답하자, 여우는 귀가 솔깃해졌다.

"그럼 다른 별에서 있었던 이야기라는 거야?"

"응."

"그 별에도 사냥꾼들이 있니?"

"없어."

"참 좋은 곳이로구나! 그럼 닭은?"

"그것도 없어."

"완전한 건 아무것도 없다니까. 사냥꾼은 없고 닭만 있었다면 좋았을 텐데……."

하고 여우는 한숨을 쉬었다.

그러나 여우는 다시 자기 이야기로 말머리를 돌렸다.

"난 매일매일 똑같은 생활을 하고 있어. 나는 닭들을 잡고 사람들은 나를 잡지. 닭들도 모두모두 비슷비슷하고 사람들도 모두모두 비슷해. 그래서 나는 그런 생활에 싫증이 나고 좀 심심해졌어. 그렇지만 네가 나를 길들인다면 내 생활은 햇빛이 드는 것처럼 환해질 거야. 난 다른 사람의 발소리와 네 발소리를 구별하게 될 거고 다른 발소리를 들으면 얼른 굴속으로 들어가겠지. 그러나 그것이 네 발자국 소리라는 것을 안다면 마치 음악 소리라도 들은 양 굴 밖으로 뛰쳐나올 거야. 그리고 저길 봐! 저기 밀밭이 보이지? 난 빵을 먹지 않아. 그렇기 때문에 밀 같은 건 나한테는 아무 소용 없어. 밀밭을 보아도 내 머릿속에는 아무것도 떠오르는 게 없지. 그건 몹시 슬픈 일이야. 하지만 금빛으로 빛나는 너의 머리카락에 내가 길들여진다면 내게는 아무 소용 없는 밀밭이 아주 소중하게 보일 거야. 금빛이 도는 밀을 볼 때마다 네 생각이 날 테니까.

그리고 밀밭을 지나가는 바람 소리조차 좋아질 거야."

여우는 말을 그치고 어린 왕자를 오래오래 쳐다보더니,

"제발…… 나를 길들여 줘."

"나도 그러고 싶어."

어린 왕자가 대답했다.

"그렇지만 시간이 별로 없어. 친구들도 찾아야 하고 아직 알아야 할 게 너무 많아서……."

"누구나 자기가 길들인 것밖에는 알지 못해. 사람들은 그 밖의 것에 대해 알 시간조차 없어지고 말았어. 사람들은 이제 다 만들어 놓은 물건을 상점에서 사기만 하면 돼. 그렇지만 친구를 파는 상점은 없으니까, 사람들은 이제 친구가 없게 되었지. 친구가 갖고 싶거든 나를 길들여 봐!"

"어떻게 하면 되는 건데?"

"아주 참을성이 많아야 해. 처음에는 내게서 좀 떨어져서 그렇게 풀밭에 앉아 있기만 하면 돼. 내가 곁눈으로 너를 볼 테니 너는 아무 말 하지 말고 가만히 있어. 말이란 오해가 생기는 근원이니까. 그러나 매일 조금씩 조금씩 더 가까이 앉아도 돼. 그렇게 하루하루 시간이 지나감에 따라 우리는 점점 더 친해지게 되는 거지."

어린 왕자는 다음 날 다시 거기로 갔다. 그러자 여우가 이렇게 말했다.

"같은 시간에 왔으면 더 좋았을걸. 만약 네가 오후 4시에 온다면 난 3시부터 벌써 마음이 설레이기 시작할 거야. 시간이 지나갈수록 나는 점점 더 행복해지겠지. 그러다가 4시가 되면 나는 안절부절 못 할 거야. 그래서 행복이 얼마나 값진 것인가 알게 되겠지! 그러나 네가 시간을 정하지 않고 아무때나 오면 나는 몇 시부터 너를 기다리는 마음에 설레여야 하는지 통 알 수가 없지 않아? 그래서 의식(儀式)이 있어야 해."

"의식이란 뭐지?"

하고 어린 왕자가 물었다.

"그것도 다른 것과 마찬가지로 사람들에게 너무나 잊혀져 버렸어. 의식이 있으므로 해서 어떤 날이 다른 날과, 어떤 시간이 그 밖의 시간과 다르게 되는 거야. 나를 못살게 구는 사냥꾼들에게도 의식이 있어. 목요일에는 동네 처녀들하고 춤을 추지. 그래서 목요일은 나에게 최고의 날이란다. 나는 포도밭까지 소풍을 가지. 하지만 사냥꾼들이 아무때나 춤을 춘다고 해 봐. 그저 그날이 그날 같을 거고, 나는 마음놓고 지낼 날이 영영 없어지고 말아."

이렇게 이야기를 나누고 있는 동안 어린 왕자는 여우를 길들이게 되었다.

그리고 떠날 시간이 가까워 오자 여우가 어린 왕자에게 말했다.

"아!…… 눈물이 나올 것만 같아."

만약 네가 오후 4시에 온다면 난 3시부터 벌써 마음이 설레이기 시작할 거야.

"그건 네 탓이야. 나는 너를 아프게 할 생각은 조금도 없었는데, 네가 길들여 달라고 해서……."

"그래, 나도 알아."

여우가 말했다.

"그런데 왜 울려고 해?"

"그건 말이야……."

여우가 말했다.

"그렇다면 아무것도 얻은 게 없잖아."

어린 왕자가 말했다.

"그렇지 않아. 밀밭의 빛깔이 있잖아."

하고 여우는 계속해서 말했다.

"아까의 정원으로 가서 장미꽃들을 다시 봐 봐. 그러면 너의 장미꽃이 이 세상에 둘도 없는 꽃이란 걸 알게 될 거야. 그리고 다시 내게 작별 인사를 하러 오면 선물로 비밀 하나를 가르쳐 줄게."

어린 왕자는 장미꽃들을 만나러 다시 갔다.

"너희들은 내 꽃과는 조금도 같지 않아. 너희들은 내겐 의미없는 꽃이야. 아무도 너희들을 길들이지 않았고 너희들도 누군가를 길들이지 않았어. 내 여우도 처음엔 너희와 마찬가지였어. 수만 마리의 다른 여우에 지나지 않았거든. 그렇지만 그 여우는 이제 내 친구가 되었으니 지금은 이 세상에 하나밖에 없는 여우가 된 거야."

그러자 장미꽃들은 어쩔 줄을 몰라했다. 어린 왕자는 이런 말도 했다.

"너희들은 아름답긴 하지만 실은 속이 텅 비어 있어. 아무도 너희들을 위해서 자신의 목숨을 바치진 않아. 물론 내 장미도 무심코 지나가는 사람에겐 너희와 다를 바 없는 한 송이 꽃에 불과할 거야. 그렇지만 그 꽃 한 송이가 내게는 너희들 모두보다 소중해. 그건 내가 직접 물을 준 꽃이니까. 내가 내 손으로 직접 고깔을 씌워 주고 바람을 막아 준 꽃이니까. 그리고 벌레도 몇 마리 잡아 주었어. 물론 나중에 나비가 되라고 애벌레 두세 마리는 남겨 두었지만 말이야. 나의 별에 있는 그 꽃은 내게 원망도 하고 불평도 하고 뽐내기도 했지만 내가 우울할 땐 무슨 걱정이 있느냐며 묻기도 했어. 그건 바로 내 장미꽃이었기 때문이야."

어린 왕자는 장미꽃들에게 이렇게 말한 후 여우한테 다시 와서 작별 인사를 했다.

"그럼, 안녕!"

"그래, 안녕! 그럼 비밀을 가르쳐 줄게. 아주 간단한 건데 만약 네가 무언가를 잘 보려면 마음으로 보아야 한다는 거야. 가장 중요한 것은 눈에 보이지 않는 법이거든."

"가장 중요한 것은 눈에 보이지 않아. 마음으로 봐야만 해."

어린 왕자는 그것을 기억하기 위해서 되뇌었다.

"네 장미꽃이 그렇게까지 소중하게 된 건 네가 네 장미꽃을 위해서 소비한 시간 때문이야."

"내 장미꽃이 그렇게까지 소중하게 된 건……."

잊어버리지 않으려고 어린 왕자는 그 말을 되풀이 했다.

"사람들은 이 진리를 잊어버렸어. 하지만 너는 잊어버리면

그래서 어린 왕자는 풀밭에 엎드려 울었다.

안 돼. 네가 길들인 것에 대해서는 영원히 네가 책임을 져야 되는 거야. 너는 네 장미꽃에 대한 책임을 져야 해…….”

“나는 내 장미꽃에 대해서 책임을 져야 해…….”

머리에 새겨 두기 위해서 어린 왕자는 다시 한번 말했다.

22

"안녕."

어린 왕자가 말했다.

"안녕."

철도원이 대답했다.

"여기서 뭘 하고 계세요?"

"열차 손님들을 1,000명씩 가려 내고 있단다. 그 손님들을 태운 열차를 오른쪽으로 보내기도 하고 왼쪽으로 보내기도 하려고."

그러는 중에 불이 환하게 켜진 특급 열차가 천둥같이 요란스러운 소리를 내며 조종실을 흔들어 놓았다.

"모두들 굉장히 서두르고 있군요. 저 사람들은 무엇을 찾고 있는 거죠?"

어린 왕자가 물었다.

"그건 기관사 자신도 모른단다."

그러자 이번엔 또 다른 특급 열차가 반대편에서 우렁찬 소리를 내며 달려왔다.

"아까 그 사람들이 벌써 돌아오는 거예요?"
하고 어린 왕자가 물었다.

"아니, 아까 그 사람들이 아니라, 두 열차가 서로 비켜 가는 거란다."

철도원이 말했다.

"그 사람들은 자기들이 사는 곳이 마음에 들지 않나요?"

"사람들은 항상 자기가 사는 곳에 만족하는 법이 없단다."

그러자 이번에도 세 번째 특급 열차가 으르렁거리며 달려왔다.

"이 사람들은 또 먼젓번 손님들을 쫓아가는 건가요?"

"쫓아가긴 무얼 쫓아가? 그 속에서 자거나 하품을 하거나 하는 거지. 그저 아이들만이 유리창에다 코를 비벼대며 밖을 내다보고 있는 거야."

"아이들만이 자기들이 찾는 게 무언지를 알고 있는 거예요. 아이들은 헝겊으로 만든 인형 하나 때문에 2시간을 보내고 그래서 그 인형을 아주 소중하게 생각하고 있는 거죠. 그러니까 누가 그걸 뺏으면 우는 거예요."
어린 왕자가 말하니,

"아이들은 행복하구나."
철도원이 말하였다.

23

"안녕."

어린 왕자가 말했다.

"안녕."

장사꾼이 대답했다. 그는 목이 마를 때 먹으면 갈증을 완전히 풀어 준다는 알약을 파는 장사꾼이었다.

그 약을 한 주일에 한 알씩 먹으면 다시는 목이 마르지 않는다는 것이었다.

"그런 약을 왜 팔고 있는 거예요?"

어린 왕자가 물었다.

"이것으로 시간이 굉장히 절약될 수 있지. 전문가들이 계산을 했는데 물 대신 이 약 하나를 먹으면 일주일에 53분이 절약된다고 하는구나!"

"그럼 그 53분을 가지고는 뭘 할 건데요?"

"하고 싶은 걸 하는 거지, 뭐."

'내게 마음대로 쓸 수 있는 53분의 여유가 생긴다면, 신선한 샘물이 솟아나는 곳으로 천천히 걸어갈 텐데.'

하고 어린 왕자는 생각했다.

24

사막에서 비행기 고장을 일으킨 지 8일째 되는 날, 나는 마지막 한 방울 물까지 마시면서 어린 왕자의 이 장사꾼에 관한 이야기를 들었다. 나는 어린 왕자에게 이렇게 말했다.

"네 이야기는 정말 재미있구나! 그런데 나는 비행기를 아직 고치지 못했고 이제는 마실 물조차 떨어졌으니, 나야말로 샘 있는 곳으로 천천히 걸어갈 수나 있었으면 좋겠는데 말야!"

"내 친구인 여우가 그러는데……."

"얘야, 지금은 여우가 문제가 아니란다!"

"왜?"

"우린 목이 말라 죽을지도 모르니까."

어린 왕자는 내 말을 알아듣지 못하고 이런 대답을 했다.

"죽게 되더라도 친구를 두었다는 건 좋은 일이야. 나는 여우와 친구가 된 것이 기뻐."

'이 애는 지금이 얼마나 위급한 상황인지 알지 못하는구나. 배도 고파하지 않고, 목도 마르지 않은 모양이야. 그저 햇볕만 좀 있으면 그것으로 족해 하니까…….'
라고 나는 생각했다.

그러나 어린 왕자는 나를 돌아다보며 내 마음을 헤아린다는 듯 대답을 했다.

"나도 목이 말라……. 우리 샘을 찾으러 가 보자."

나는 맥이 탁 풀렸다. 끝없는 사막 한가운데에서 무턱대고 샘을 찾아나선다는 것은 당치도 않은 소리였기 때문이다. 그렇지만 우리는 걸음을 옮기기 시작했다.

몇 시간 동안을 아무 말 없이 걷고 나니 해가 지고 하늘에 별이 빛나기 시작했다.

나는 갈증 때문에 열이 좀 났다. 그래서인지 마치 별들이 꿈속같이 보였다. 하지만 어린 왕자가 말한 한 마디가 내 기억 속에서 춤을 추고 있었다.

"그래, 너도 목이 마르단 말이지?"

그러나 어린 왕자는 내 물음에 대답하지 않고 단지 이런 말만 했다.

"물은 마음에도 좋을 수가 있어……."

나는 어린 왕자가 무슨 말을 하는 것인지 알아듣지 못했다. 하지만 다시 물어 보려고는 하지 않았다. 그에게 그런 이유를 물어본들 아무 소용이 없다는 것을 나는 알고 있었으니까.

어린 왕자는 오랜 걸음에 지쳤는지 모래 위에 주저앉았다. 나도 그의 옆에 자리를 잡았다. 그는 한동안 말이 없다가 또 이러한 말을 했다.

"별이 저렇게 아름답게 보이는 건 우리 눈에 보이지 않는 꽃이 하나 있기 때문이야."

"그래, 네 말이 맞아."

나는 그렇게 대답하고 아무 말 없이 달빛 아래 주름처럼 펼쳐져 있는 모래 언덕을 바라보았다.

"사막은 아름다운 곳이야……."

어린 왕자는 이렇게 말했다.

그것은 정말이었다. 나는 언제나 사막을 좋아했다. 모래 언덕에 앉아 있으면 아무것도 보이지 않고 아무 소리도 들리지 않는다. 그러나 그 침묵 속에 무엇인가 빛나는 것이 있었다.

"사막이 아름다운 건 어디엔가 샘이 숨어 있기 때문이야."

어린 왕자는 이렇게 말했다.

나는 뜻밖에도 모래가 신비롭게 빛나는 이유를 깨닫게 되었다. 어렸을 적에 나는 아주 오래 된 낡은 집에 살고 있었는데, 그 집에는 보물이 묻혀 있다는 이야기가 전해져 내려왔었다. 물론 아무도 그것을 발견하지 못했고 또 어쩌면 찾으려고 한 사람이 없었는지도 모른다. 그러나 그 보물로 인해서 그 집은 아름다운 마법에 걸려 있는 것처럼 보였다. 그 속 깊숙이 어떤 비밀을 간직하고 있었으니까 말이다.

"그래, 집이든 별이든 사막이든 그것을 아름답게 하는 건 우리의 눈에 보이지 않는 법이지."

내가 어린 왕자에게 말했다.

"아저씨가 내 여우하고 같은 생각을 하는 걸 보니 기뻐."

어린 왕자가 잠이 들었으므로 나는 그를 안고 다시 길을 떠났다. 나는 가슴이 뭉클해졌다. 깨지기 쉬운 보물을 안고 가는 느낌이었다. 이 세상에 이보다도 더 부서지기 쉬운 것은 없는 듯한 생각까지 들었다.

그 하얀 이마, 감긴 눈, 바람에 나부끼는 금빛 머리카락을 달빛에 비춰 보며 나는 이런 생각을 했다.

'지금 이렇게 내 눈앞에 보이는 것은 오직 사람의 겉모습일 뿐이야. 가장 중요한 것은 눈에 보이지 않아.'

반쯤 벌어진 그의 입술에서 알 수 없는 미소가 어리는 것을 보고 나는 또 이런 생각을 했다.

'이 어린 왕자의 잠든 얼굴이 이렇게까지 깊이 내 마음을 감동시키는 것은 왜일까. 그것은 어린 왕자가 자기 별에 두고 온 한 송이 꽃을 잊지 못하고 있기 때문이야. 잠을 자는 동안 그 꽃은 꺼지지 않는 등불처럼 이 어린 왕자의 마음속에 빛나고 있기 때문이지.'

그리하여 나는 이 어린 왕자가 보기보다 더 여릴지도 모른다는 생각이 들었다. 등불은 잘 막아 주어야 한다. 바람이 거세게 몰아치면 꺼질 수도 있으니까…….

이런 생각을 하며 걸어가다가 해가 뜰 무렵에서야 샘을 발견하게 되었다.

25

어린 왕자가 말했다.

"사람들은 특급 열차를 타고 달리지만, 도대체 자신이 무엇을 찾아 떠나는지를 모르고 있어. 그러니까 모두들 갈팡질팡하고 왔다갔다하기만 하는 거야……."

어린 왕자는 다시 말을 이었다.

"그건 소용없는 짓이야……."

우리가 찾아낸 샘물은 사하라 사막에 있는 다른 샘물과는 좀 달랐다. 사하라 사막의 샘물들은 그저 모래에 구멍을 뚫어 놓은 것들뿐이었지만 그 샘물은 마을에 있는 샘물과도 같았다. 그러나 그곳은 아무런 마을도 없는 사막 아닌가. 나는 꿈을 꾸고 있는 것만 같았다.

"이상하네. 도르래며 물통이며 줄이 모두 갖춰져 있잖아."

나는 어린 왕자에게 말했다. 어린 왕자는 웃으면서 줄을 만져

어린 왕자는 웃으면서 줄을 만져 보고 도르래를 돌려 보기도 했다.

보기도 하고 도르래를 돌려 보기도 했다. 그러자 바람이 불 때 낡은 풍차가 삐걱거리는 모양으로, 도르래가 삐걱거리기 시작했다.

"이 소리를 들어 봐. 우리가 이 우물을 깨우니까 우물이 노래를 하는 거야."

나는 어린 왕자에게 힘든 일을 시키고 싶지 않았다.

"내가 하마. 네게는 너무 무거운 일이야."

나는 물통을 천천히 우물 귀퉁이까지 올려, 떨어지지 않게 잘 얹어 놓았다. 내 귀에는 아직도 도르래의 노랫소리가 쟁쟁하게 들려 왔고, 출렁거리는 두레박 속의 물에서 햇빛이 반짝거리는 것이 보였다.

"나, 이 물을 마시고 싶어. 나에게도 물을 좀 줘……."

나는 어린 왕자가 무엇을 찾고 있는지를 알았다.

나는 물통을 그의 입술까지 닿게 해 주었다. 그는 눈을 감고 물을 마셨다. 마치 축제 때 어떤 맛있는 음식을 먹는 것 같아 보였다. 그 물에는 보통 먹는 물과 다른 그 무엇이 있었다. 힘겹게 사막 한가운데를 걸으며 발견한 샘물이었고 내 손으로 직접 퍼 올린 물 아닌가. 그것은 어렸을 적에 내가 받은 성탄 선물, 크리스마스 트리의 등불이라든가 자정 미사의 음악, 서로 주고받는 밝은 웃음과도 같은 물이어서 더욱 빛나는 것 같았다.

"아저씨가 사는 이 지구의 사람들은 자기네 정원에다 5,000송이나 되는 장미를 가꾸지만 자기네들이 무엇을 원하고 있는지는 정작 모르고 있어."

어린 왕자가 말했다.

"그래, 모르고 있어……."

나는 대답했다.

"그렇지만 그들이 찾는 것은 장미꽃 한 송이나 물 한 모금에서 얻어질 수도 있을 거야……."

"그야 그렇지."

그리고 어린 왕자는 덧붙여 말했다.

"그러나 눈으로는 아무것도 볼 수 없어. 중요한 건 마음으로 보아야 해."

나는 물을 실컷 마신 탓에 숨을 제대로 쉴 수가 없었다.

모래는 떠오르는 햇빛을 받으면 벌꿀 빛깔이 돈다. 나는 이 벌꿀의 빛깔에도 행복을 느꼈다. 무엇 때문에 마음을 괴롭혀야 하겠는가? 걱정해야 할 이유가 하나도 없었다.

"아저씨는 약속을 지켜야 해."

내 옆에 다시 앉은 어린 왕자는 살며시 이런 말을 했다.

"무슨 약속이었지?"

"내 양에 씌울 굴레 말이야……. 난 그 꽃에 대해 책임을 져야 해!"

나는 주머니에서 끄적거려 두었던 그림들을 꺼냈다. 어린 왕자는 그림들을 보고 웃으며 말했다.

"이 바오밥나무 말이야, 이건 양배추 비슷한 것 같아."

"그건 너무 심한 말이구나!"

내 딴에는 바오밥나무 그림을 제일 잘 그렸다고 생각했기 때문이다.

"여우는…… 귀가 뿔같이 생겼어……. 그리고 너무 길어!"

어린 왕자는 그렇게 말하고 또 웃었다.

"말이 지나치구나. 난 속이 보이지 않는 보아뱀밖에는 다른 그림을 그릴 줄 몰라."

"괜찮아. 어린아이들은 다 이해할 수 있으니까."

나는 연필로 굴레를 그렸다. 그 굴레를 어린 왕자에게 줄 때 가슴이 꽉 차오름을 느꼈다.

"나는 네가 무슨 생각을 하고 있는지 통 모르겠어."

그러나 어린 왕자는 내 말에는 대답하지 않고 단지 이렇게 말했다.

"저, 내가 지구에 떨어진 거 말이야…… 벌써 내일이면 1년이야……."

그리고 말을 끊었다가 다시,

"바로 이 근처에 떨어졌었어……."

그는 얼굴을 붉혔다.

나는 어린 왕자의 말에 왠지 모르게 이상한 설움이 북받쳐 올랐다.

"그럼, 1주일 전 내가 너를 처음 알게 된 날 아침, 사람 사는 지방에서 수만 리 떨어진 데서 너 혼자 그렇게 거닐고 있던 건 우연이 아니었구나! 그렇다면 네가 떨어진 곳으로 되돌아가는 길이었니?"

어린 왕자는 다시 얼굴을 붉혔다.

망설이며 나는 말을 이었다.

"아마 1년이 되는 기념일 때문에 그런 거지?"

어린 왕자는 한번 더 얼굴을 붉혔다. 그는 물어 보는 것에 대답하는 일이 없었다. 하지만 어린 왕자가 얼굴을 붉힌다는 것은 그렇다는 뜻 아닌가!

"아아, 나는 점점 겁이 나……."

그러나 어린 왕자는 이런 대답을 하는 것이었다.

"아저씨는 이제 가서 일을 해. 비행기가 있는 쪽으로 다시 가. 난 여기서 기다리고 있을게. 내일 저녁에 다시 와……."

그러나 나는 안심할 수가 없었다. 어린 왕자가 이야기해 준 여우 생각이 났기 때문이다. 한번 길들여지면 왠지 울음이 나올 것 같으니까.

26

우물 옆에는 오래 되어 무너진 돌담이 있었다. 이튿날 저녁, 일을 마치고 돌아오니, 어린 왕자가 그 위에 올라앉아 다리를 늘어뜨리고 있는 것이 멀리서 보였다. 그리고 그가 하는 말이 들려 왔다.

"그래, 넌 생각이 안 난단 말이니? 아무래도 여기는 아닌 것 같아!"

누가 하는 말인지는 몰라도 어린 왕자는 그 말에 이렇게 대꾸를 했다.

"날짜는 맞아. 바로 오늘이었어. 그런데 장소는 여기가 아니야."

나는 그대로 돌담을 향해 걸어갔지만, 아무것도 보이지 않고 아무 소리도 들리지 않았다. 그러나 어린 왕자는 다시 누군가에게 말을 건네었다.

그럼 이젠 저쪽으로 가봐…… 난 아래로 내려가야 해.

"모래 위에 있는 내 발자국이 어디서 시작하는지를 봐. 그곳에서 나를 기다리고 있어. 오늘밤 거기로 갈게."

나는 담에서 20미터쯤 떨어진 곳에 있었는데, 여전히 보이는 것은 아무것도 없었다. 잠시 가만히 있다가 어린 왕자는 또 이런 말을 했다.

"너는 좋은 독을 가지고 있지? 날 오랫동안 아프게 하지 않을 자신이 있어?"

나는 가슴이 섬뜩해져서 발을 멈추었다. 그러나 그때까지도 그것이 무슨 말인지 알아듣지 못했다.

"자, 그럼 이제 저쪽으로 가 봐……. 난 아래로 내려가야 해."

그때서야 나는 돌담 밑을 내려다보고 깜짝 놀랐다. 30초만에 한 사람을 죽일 수 있는 노란 뱀 하나가 어린 왕자를 향해 머리를 쳐들고 있지 않은가! 나는 권총을 꺼내려고 주머니를 뒤지며 뛰기 시작했다. 그러나 내 발소리를 들은 뱀은, 마치 잦아들어가는 분수 모양으로 모래 속으로 소리도 없이 미끄러져 들어갔다. 별로 서두르지도 않고 가벼운 쇳소리를 내며 돌 틈으로 사라져 버린 것이다. 내가 돌담 밑까지 이르렀을 때에는, 눈같이 창백해진 어린 왕자를 품에 받아 안을 시간의 여유밖에 없었다.

"대체 어떻게 된 일이야? 이젠 뱀하고 이야기를 다하다니."

나는 언제나 그가 두르고 있던 금빛 목도리를 느슨하게 한 후 관자놀이를 적셔 준 다음 물을 먹여 주었다. 그러나 이젠 그에게 무슨 말을 물어 볼 엄두도 못 냈다. 그는 나를 침통한 얼굴로 쳐다보더니 양팔로 내 목을 껴안았다. 그의 심장이 라이플 총에 맞아 죽어가는 새처럼 팔딱거리고 있었다.

"고장난 비행기를 고치게 돼서 다행이야. 이제 아저씨는 집으로 돌아갈 수 있겠지……."

"그걸 어떻게 알지?"

나는 마침 도저히 고칠 수 없으리라 생각했던 내 비행기를 고치는 데 성공했다는 것을 그에게 알리러 왔던 참이었다.

어린 왕자는 내 물음에는 대답하지 않고 계속해서 자기 말만 했다.

"나도 오늘 나의 별로 돌아가……."

그리고 슬픈 표정을 지으며,

"그건 아저씨가 집으로 돌아가는 것보다 훨씬 더 멀고…… 훨씬 더 어려워……."

라고 말하는 것이었다.

나는 어린 왕자에게 무슨 심상치 않은 일이 생겼다는 것을 깨달았다. 나는 그를 어린애 안 듯이 꼭 껴안았다. 그러나 어린 왕자의 몸이 끝없는 수렁으로 빠져들어가는 것만 같았다.

그의 눈길은 멍하니 먼데를 바라보고 있었다.

"나에겐 아저씨가 그려 준 양이 있어. 그리고 양을 넣어 두는 상자와 굴레도 있고……."

어린 왕자는 쓸쓸한 웃음을 지어 보였다.

나는 오랫동안 어린 왕자를 지켜 보고 있었다. 그의 몸이 차차 따뜻해져 오는 것이 느껴졌다.

"얘야, 무서웠지?"

물론 어린 왕자는 무서웠을 것이다. 하지만 어린 왕자는 조

용히 미소 지으며,

"오늘 저녁이 훨씬 더 무서울 거야."

하고 대답했다.

나는 돌이킬 수 없는 일이 일어날지도 모른다는 생각에 다시금 등골이 오싹해졌다. 그리고 다시는 이 웃음 소리를 듣지 못하게 되는 건 아닐까 걱정이 되어 견딜 수가 없었다. 어린 왕자의 웃음은 내게 있어서 사막에 있는 샘물과 같은 것이었다.

"얘야, 난 네 웃음 소리를 더 듣고 싶구나."

그러나 그는 이런 말을 했다.

"오늘 밤이면 1년이 돼. 내 별은 오늘 밤 내가 작년에 떨어졌던 자리 바로 위에 오게 돼……."

"얘야, 그 뱀 이야기, 뱀하고 만나기로 한 이야기, 네가 말한 별 이야기는 모두 나쁜 꿈이지……."

그러나 내 말에는 대답하지 않고 어린 왕자는 다음 말을 되뇌었다.

"중요한 건 눈에 보이지 않는 거야……."

"나도 알아……."

"꽃도 마찬가지야. 만약 어느 별엔가 있는 꽃을 좋아하게 된다면 밤에 하늘을 쳐다보는 게 아주 즐거울 거야. 어느 별에나 꽃은 다 피어 있으니까."

"그래, 다 알아."

"물도 마찬가지야. 아저씨가 내게 마시게 해 준 물은 음악 같았어. 도르래하고 밧줄 때문에 말야……. 아저씨, 생각나지…… 물 맛이 정말 좋았었어…….”

“응, 그래…….”

“아저씨, 밤이 되면 별을 쳐다봐 봐. 내 별은 너무 작아서 어디 있는지 보여 줄 수가 없어. 하지만 오히려 그게 더 나을지도 몰라. 수많은 별들 가운데 어느 하나가 내 별일 거라고 생각하며 바라볼 테니까……. 그러면 아저씨는 어느 별이든지 모두 쳐다보고 싶어질 거야……. 그 별들은 모두 아저씨와 친해질 거고 아저씬 모든 별들이 다 좋아지게 될 거야. 그리고 아저씨한테 선물을 하나 주고 싶어…….”

그러면서 어린 왕자는 또 웃었다.

“그래, 나는 너의 그 웃음 소리가 좋아!”

"바로 이게 나의 선물이야……. 이건 우리들이 물을 마셨을 때와 마찬가지야……."

"그게 무슨 말이니?"

"모든 사람이 별을 바라보지만 그 의미는 제각기 다 달라. 여행하는 사람들에게는 별들이 좋은 길잡이가 되어 주지. 하지만 별들을 조그만 빛으로밖에 보지 않는 사람들도 있어. 학문을 하는 사람들에게는 별들이 수수께끼가 되어 버리지. 내가 전에 말한 상인은 별들을 모두 금화로 생각하고 있었어. 하지만 별들은 모두 말이 없어. 아저씨에겐 별들이 다른 사람들과는 다르게 보일 거야……."

"그게 무슨 소리니?"

"내가 저 별들 중 하나에 살고 있을 테니까. 내가 그 별들 중 어딘가에서 웃고 있을 거야. 그러니까 아저씨가 밤에 하늘을 쳐다보게 되면 별들이 모두 웃는 것처럼 보일지도 몰라. 그러니까 아저씨는 잘 웃는 별 하나를 갖게 되는 거야!"

그러면서 어린 왕자는 또 웃었다.

"그리고 아저씨의 슬픔이 가신 다음에는──슬픔은 시간이 지나면 사라지기 마련이니까──나를 알게 된 것을 기쁘게 생각할 거야. 아저씨는 언제까지나 나하고 친구로 있을 거고, 나하고 같이 웃고 싶어질 거야. 그리고 가끔은 그저 괜히 창문을 열고 싶을 때가 있겠지……. 아저씨가 하늘을 쳐다보고 웃는 걸 보면 친구들이 아주 이상히 여길지도 몰라. 그러면 아저씨는 이렇게 말할 거야. '난, 별들을 보면 언제나 웃음이 나와!' 그러면 친구들은 아저씨를 미쳤다고 생각하겠지.

그럼 난 아저씨한테 아주 못할 일을 하게 된 셈인걸…….”

그러면서 어린 왕자는 또 웃었다.

“그러면 나는 별 대신에 웃을 줄 아는 조그마한 방울을 아저씨한테 잔뜩 준 것 같을 거야…….”

그리고 또 한번 웃더니, 이번에는 웃음 걷힌 얼굴로 진지하게 말했다.

“아저씨……. 오늘 밤엔 오지 마. 그러는 게 좋겠어.”

“난 네 곁을 떠나지 않을 거야.”

“난 병에 걸린 얼굴이 될지도 몰라……. 조금은 죽은 것같이 보일 수도 있어. 아마 그럴 거야. 그러니까 그걸 보러 오지는 마. 올 필요 없어…….”

“난 네 곁을 떠나지 않을 거라고.”

어린 왕자는 걱정이 되는 눈치였다.

"아저씨한테 이런 말을 하는 건…… 뱀 때문이기도 해. 뱀한테 아저씨가 물리면 안 되잖아. 뱀들은 아주 심술궂거든. 괜히 무는 수도 있어……."

"난 네 곁을 떠나지 않을 거야……."

그러나 어린 왕자는 무엇을 생각했는지 안심이 되는 모양이었다.

"하긴, 두 번째 물 때에는 독이 없다고 했어……."

그날 밤 나는 어린 왕자가 길을 떠나는 것을 보지 못했다. 그는 소리없이 모습을 감춘 것이다. 내가 그를 따라갔을 때, 그는 서슴지 않고 빠른 걸음으로 걷고 있었는데, 나를 보고는 이렇게 말할 뿐이었다.

"아, 아저씨구나?"

어린 왕자는 내 손을 잡았지만 여전히 걱정스럽다는 투로 말했다.

"아저씨가 온 건 잘못이야. 마음이 아플 테니 말이야. 난 죽은 것처럼 보이겠지만 정말로 죽는 건 아니야."

나는 잠자코 듣고만 있었다.

"나도 알고 있어. 내 별은 여기서 너무 먼 곳이야. 그래서 나는 이런 몸을 가지고는 갈 수가 없어. 너무 무겁거든."

나는 계속 잠자코 있었다.

"내 몸은 낡은 껍데기와 같아. 그러니까 버려도 하나도 슬프지 않아……."

나는 어린 왕자의 말을 가만히 듣고 있을 수밖에 없었다.

그는 나무가 넘어지듯 조용히 쓰러졌다.

어린 왕자는 좀 기가 죽어 있었다. 그러나 다시 힘을 내어 말했다.

"아저씨, 그건 아늑할지도 몰라. 나도 별들을 바라볼 거야. 모든 별들이 녹슨 도르래가 달린 우물이 되겠지. 그리고 그 별들이 내게 얼마든지 물을 마시게 해 줄 거야……."

나는 여전히 잠자코 있었다.

"정말 재미있을 거야. 아저씨는 5억 개나 되는 방울을 갖게 되고, 나는 5억 개나 되는 우물을 갖게 될 테니까……."

그리고 어린 왕자는 그만 입을 다물어 버렸다. 울고 있었던 것이다.

"이제 다 왔어. 나 혼자 한 걸음만 더 내딛도록 내버려 둬."

그렇게 말하고 어린 왕자는 그 자리에 주저앉았다. 겁이 났기 때문이다.

어린 왕자는 또 이런 말을 했다.

"저어, 아저씨……. 내 꽃 말이야……. 난 그 꽃에 대해 책임을 져야 해. 하지만 그 꽃은 너무도 약하고 순진해. 오로지 가시 4개만으로 자기 몸을 지켜 나가야 하거든."

나는 더 서 있을 수가 없어서 주저앉아 버렸다. 어린 왕자는 계속 말했다.

"자…… 이제 더 이상 할 말이 없어……."

그는 잠깐 동안 망설이다가 몸을 일으켰다. 그러고는 한 걸음을 내디뎠다. 나는 꼼짝도 할 수가 없었다. 그의 발목께서 노란 빛이 반짝이며 빛을 냈다. 어린 왕자는 꼼짝 않고 그 자리에 그대로 서 있었다. 소리조차 지르지 않았다. 그는 나무가 넘어지듯 조용히 쓰러졌다. 모래 때문에 아무런 소리도 나지 않았다.

27

벌써 6년이나 지난 일이다……. 나는 아직 이 이야기를 아무에게도 한 적이 없다. 나를 다시 본 친구들은 내가 살아 돌아온 것을 무척이나 기뻐했다. 사실 나는 너무나 힘겹고 슬펐지만 그들에게는 피곤하다는 말만 했을 뿐이다.

지금은 그 슬픔이 좀 가라앉은 상태다. 그렇다고 해서 아주 가라앉은 것은 아니다. 그러나 어린 왕자가 자기 별로 돌아갔다는 사실을 나는 잘 알고 있다. 해 뜰 무렵에 보니 그의 모습은 어디에서도 볼 수가 없었다. 그리 무거운 몸은 아니었나 보다. 그렇게 해서 나는 밤이 되면 하늘에 빛나는 반짝이는 별들의 소리에 귀기울이는 것을 좋아하게 되었다. 그것은 5억 개나 되는 작은 방울이니까. 그런데 참 이상한 일이 하나 생겼다.

어린 왕자에게 그려 준 굴레에다가 내가 그만 깜박하고 가죽 끈을 달아 주지 않은 것이다. 아마 어린 왕자는 그 굴레를 양에게 영영 씌우지 못했을지도 모른다. 그래서 나는,

'어린 왕자의 별에는 도대체 무슨 일이 일어나고 있을까? 혹시 그 양이 꽃을 먹어 버렸는지도 모르겠어.'

하고 생각할 때가 있다. 그러다가 또 이런 생각도 한다.

'그럴 리가 없어! 어린 왕자는 밤마다 꽃에 고깔을 씌워 주고 양으로부터 잘 지켜 낼 거야…….'

그렇게 생각하면 나는 행복해진다. 그리고 별들도 모두 즐거운 듯 고요히 웃는다. 하지만 가끔은 이런 생각이 들 때도 있다.

'한 번쯤 잊어버릴 수도 있지 않을까? 그러면 끝장인데. 어느 날 저녁, 어린 왕자가 꽃에게 고깔 씌우는 걸 잊었다든지, 아니면 양이 밤중에 소리없이 나갔다든지 했다면 어떡하지?'

이런 생각이 들 때면 밤하늘에 빛나는 5억 개의 방울들이 모두 눈물로 변해 버릴 것만 같다.

이것은 커다란 수수께끼다. 어린 왕자를 사랑하는 여러분들에게나 내게, 우리가 알지 못하는 양이 어디선가 장미꽃을 먹었느냐, 안 먹었느냐에 따라서 이 세상의 모든 것이 달라져 보이기 때문이다.

하늘을 쳐다보고 그냥 이렇게만 생각하라.

'양이 그 꽃을 먹었을까, 안 먹었을까?'

그러면 세상의 모든 것들이 어떻게 바뀌는지를 알 수 있을 것이다.

그러나 어른들은 그것이 얼마나 중요한 것인지 아무도 이해하지 못한다. 이 그림이 내게 있어서는 이 세상에서 가장 아름답고 가장 슬픈 광경이다.

이것은 앞에 나온 그림과 똑같은 장면이지만, 여러분에게 똑똑히 보여 주려고 다시 한번 그려 보았다. 어린 왕자가 바로 우리가 살고 있는 별인 지구 위에 나타났다가 사라진 곳이 바로 여기인 것이다.

이 장면을 똑똑히 봐 두었다가, 언젠가 여러분이 아프리카의 사막을 여행하게 되면, '바로 여기구나' 하고 알아볼 수 있기 바란다. 그리고 그곳을 지나가게 되거든, 제발 부탁이니 서두르지 말고 별이 여러분 머리 위에서 반짝거릴 때까지 잠시 기다려 주기 바란다. 그때 만약 어떤 아이가 여러분에게 웃으며 다가온다면, 그리고 그 아이의 머리가 금발이고, 무엇을 물어도 대답이 없다면, 여러분은 그 아이가 누군지 쉽게 알 수 있으리라.

그런 일이 생기면 아직도 슬픔에 싸인 나를 위해 여러분이 해 주어야 할 일이 있다. 내가 이렇게도 슬퍼하도록 내버려 두지 말고 어린 왕자가 돌아왔노라고 즉시 편지를 보내 주길…….

야간 비행

1

비행기 밑으로 벌써 황금빛 저녁 노을 속에 야산들의 그림자가 짙어져 가고 있었다. 평야는 환해졌다. 그러나 그것은 언제까지나 변하지 않는 빛이었다. 이 지방에는 겨울이 지나도 평야에 오랫동안 눈이 남아 있는 것처럼 저녁 황금빛 노을도 오래 남아 있었다.

먼 남극 지방에서 부에노스아이레스를 향해 파타고니아 선(線) 우편기를 조종해 오던 파비앵은, 어떤 항구의 수면처럼 그 고요함과 움직이지 않는 구름이 그려낼까 말까한 그 잔주름 같은 표시로 황혼이 가까워 옴을 알았다. 그는 널찍하고 복스런 물굽이로 접어들고 있었다. 이 고요한 풍경 속에서 그는 마치 목동과 같이 소풍이라도 하는 것처럼 느릿느릿 생각할 수가 있었다. 파타고니아의 목동들은 천천히 이 양 떼에서 저 양 떼로 옮겨다녔다. 파비앵은 이 도시에서 저 도시로 돌아다니는 작은 도시들의 목자가 되었다. 그는 대개 2시간마다, 강 기슭에서 물을 마시거나 들에 풀을 뜯어 먹으러 오든가 하는 도시들을 만났다.

때로는 바다보다도 오히려 사람을 만나기 어려운 초원 지대를 100킬로미터나 지난 뒤에, 외따로 떨어져 목장의 출렁이는 물결 속에 사람을 잔뜩 태워 가지고 자꾸 뒤로 끌고 가는 듯한 농가를 만나기도 했다. 그러면 그는 비행기 날개를 흔들어 그 배에 인사를 했다.

'산줄리안이 보임. 우리는 10분 안에 착륙하겠음.'

기내 무전사는 이 통보를 연선(沿線) 각 무전국에 보냈다.

마젤란 해협에서 부에노스아이레스에 이르는 2,500킬로미터 걸쳐에는 비슷한 여러 기항지 비행장들이 널려 있었다. 그러나 산줄리안 비행장은 밤의 경계선 위에 놓여 있었다. 그것은 마치 아프리카에서 귀순 마을 중의 맨 마지막 마을이 미지의 세계의 국경선 위에 놓여 있는 것과 같았다.

무전사가 종이 조각을 조종사에게 전했다.

'뇌우가 하도 심해서 천둥소리가 레시버에서 왕왕거립니다. 산줄리안에서 쉬시렵니까?'

파비앵은 빙그레 웃었다. 하늘은 수조(水槽)처럼 고요하고, 그들의 전면에 있는 기항지 비행장에서는 어디에서나 '맑음, 바람 없음'이라고 통보해 왔다.

그는 대답했다.

"그대로 계속해 갑시다."

그러나 무전사의 생각에는 과일 속에 벌레가 들어 있듯이 어디엔가 뇌우가 자리잡고 있는 것만 같았다. 밤 하늘은 아름답지만, 그래도 이지러진 데가 있을 것이라고 생각되었다. 썩어 들어가는 이 어둠 속으로 뛰어드는 것이 그로서는 아주 싫었다.

엔진의 회전수를 줄여가며 산줄리안에 착륙했을 적에 파비앵은 몸이 개운하지 않았다. 인간의 생활을 부드럽게 해 주는 모든 것이 그를 향해 오며 점점 커졌다. 그들의 집, 그들의 카페, 그들의 산책로의 가로수 따위가 다 그러했다. 그는 많은 정복을 성취하고 난 뒤에 자기 제국의 영토를 내려다보며 인간의 보잘것 없는 행복을 발견하는 정복자와도 같았다. 파비앵은 무기를 내려놓고, 몸이 무겁다는 것과 뼈마디가 죄여 오는 것을 깨달았다. 그는 빈곤해도 재산이 있다고 생각할 수는 있으니, 그저 소박한 인간이 되어서 이제부터 변함없는 풍경을 창 밖으로 내다보며 지내는 것이 절실한 욕망이기도 했다. 이 손바닥만한 동네에서도 그는 살 수 있었을 것이다. 자기가 좋아하는 것을 골라 잡은 뒤에 자기 생활의 우연을 받아들이고 그것을 사랑할 수도 있는 것이 인간이다. 그것은 사랑과 같이 사람의 눈을 흐리게 한다. 파비앵은 여기에 오래 살며 여기서의 영원에 한몫 끼고 싶었을 지경이다. 왜냐하면 1시간 동안을 살며 지나치는 조그만 도시들과 그 묵은 담 속에 갇혀 있는 정원들이 그에게는 자기와 관계 없이 영원히 남아 있을 것으로 생각되었기 때문이다. 동네는 비행기를 향해 올라오고 그를 향해서 활짝 열려 있었다. 그러자 파비앵은 우정이라든가, 사냥한 여자들이라든가, 흰 식탁보를 사이에 두고 아늑하게 식사를 한다든가 하는, 서서히 영원히 몸에 익혀지는 것들이 머리에 떠올랐다. 동네는 기억 속에 가지런히 흘러가면 둘러싸여 보호받지 못하는 갇힌 정원의 신비를 드러내고 있었다.

그러나 착륙하고 나서 파비앵은, 돌담 사이로 조용히 움직이고 있는 사람 몇 명밖에는 아무것도 보지 못하였다는 것을 알게 되었다. 이 동네는 그의 부동성(不動性)만을 가지고도 곧잘 자기 정열의 비밀을 지켜 나갔고, 이 동네는 파비앵에게 그 아늑한 품을 내맡기기를 거절했다. 동네의 아늑한 품을 정복하려면 행동을 단념했어야 할 것이다.

착륙한지 10분이 지나자 파비앵은 다시 떠나야 했다.

그는 산줄리안을 돌아다보았다. 그것은 이미 한 줌의 빛 그리고 한 줌의 별에 지나지 않았다. 그러고는 최후로 그의 마음을 이끄는 먼지 마저 사라졌다.

"이제는 지침반이 안 보인다. 불을 켜야겠다."

그는 스위치를 넣었다. 그러나 조종석의 붉은 램프가 지침 위로 쏟는 빛은, 진한 파란빛 속에서 몹시 희미하게 지침들을 붉게 비춰 주지는 못했다. 그는 전구 앞에 손가락을 갖다 대어 보았다. 손가락은 불그레하게 물이 들까 말까하였다.

"너무 이르군."

그렇지만 밤은 검은 연기처럼 피어 올라와 벌써 골짜기들을 껌껌하게 만들었다. 이제는 골짜기와 평야를 구별할 수 없게 되었다. 벌써 동네에는 등불이 켜지고, 그들의 성좌들이 서로 응답을 하고 있었다. 그도 역시 손가락으로 현등(舷燈)을 켰다 껐다해서 마을에 응답하였다. 등화 신호를 보고 대지는 긴장하고 있었다. 모든 집이 각각 그의 별에 불을 켜서 마치 바다를 향해 등대를 켜 놓듯 커다란 밤을 향해 올려 보냈다. 인간의 생명을 덮고 있는 모든 것이 벌써 반짝이고 있었다. 이번에는 밤으로 접어드는 것이 어떤 물굽이에라도 들어가듯, 조용하고 아름답게 행해지는 것을 파비앵은 감상하고 있었다.

그는 조종석의 의자에 머리를 파묻었다. 지침의 라듐이 빛을 내기 시작하였다. 조종사는 차례차례로 숫자를 점검하자 마음이 흡족했다. 그는 자기가 공중에 든든히 자리잡고 앉아 있음을 발견했다. 그는 손가락으로 강철제 양재(梁材)를 건들려 보았다. 그리고 그 금속 안에 생명이 흐르고 있음을 느꼈다. 금속은 진동하지 않았으나 살아 있었다. 엔진의 600마력이 그 물질 안에 아주 고요한 생명 줄기를 흐르게 해서, 그 얼음같이 찬 강철을 비로드같이 보드라운 살로 변하게 했다. 다시 한번 조종사는, 비행하는 동안 현기증도 취기도 느끼지 않고 오직 살아 있는 육체의 신비로운 활동만을 느꼈다.

지금 그는 한 세계를 상으로 받았고, 거기에 편안히 자리잡기 위해서 팔꿈치를 노리고 있는 중이었다.

그는 배전판을 또닥또닥 두드리고 스위치를 하나하나 만져 보았다. 그러고는 몸을 약간 움직여 의자의 자리를 고쳐 잡고, 움직이는 밤이 짊어지고 있는, 이 5톤의 금속의 움직임을 가장 잘 깨달을 수 있는 위치를 찾아보았다. 그런 다음 보조 램프를 더듬어 찾아 제자리에 갖다놓고 한 번 놓았다가 다시 잡았다가 해서 굴러가지 않는 것을 확인하고는 다시 놓고, 핸들을 하나하나 두드려 틀림없이 붙잡을 수 있도록 장님 세계에 대비해서 손가락을 훈련시켰다. 그리고 손가락이 그것을 잘 익히고 나서야 비로소 그는 램프에 불을 켜서 조정석을 정밀기계로 장식하고, 물에 잠겨 들어가듯이 밤 가운데로 뛰어드는 것을, 다만 지침반을 거쳐 지켜보았다.

그 다음 아무것도 흔들리는 것이 없고, 진동하는 것도 떠는 것도 없고, 자이로스코프도 고도계도 엔진의 회전수도 일정한 대로 있는 것을 보자, 그는 가볍게 기지개를 켜고서 뒷덜미를 의자 등가죽에 갖다 대었다. 그러고는 형언할 수 없는 희망을 맛보게 되는, 비행중의 그 깊은 명상을 시작했다.

그래서 지금 그는, 야경꾼의 모습으로 밤 한가운데에서, 밤이 보여 주는 인간, 즉 저 부르는 소리, 저 등불, 저 불안 따위를 발견한다. 어둠 속에서 홀로 반짝이는 저 별 하나, 저것은 외딴 집이다. 별이 하나 꺼진다. 저것은 사랑을 간직하고 문이 닫히는 집이다.

또는 슬픔을 간직하고 문이 닫히는 것인지도 모른다. 그것은 나머지 세상에 대해서 신호를 보내지 않게 된 집이다.

그들의 램프 앞에서 탁자에 팔을 괴고 있는 저 농부들은 자기들이 희망하는 것이 무엇인지를 모른다. 그들은 자기들의 욕망이 그들을 둘러싸고 있는 크나큰 밤 가운데에서 그렇게까지 멀리 미친다는 것을 알지 못한다. 하나 파비앵은 1,000킬로미터나 떨어진 곳에서 오는 동안 숨쉬는 비행기를 깊은 공기의 물결이 치켰다 내리쳤다할 적에, 그리고 전쟁중인 나라 같은 심한 뇌우 속을 거쳐오며, 그런 가운데서도 달빛이 새어 나오는 데를 건너지를 때에, 또는 그 등불들을 차례차례로 정복한다는 기분으로 지나칠 적에 그 욕망을 발견하는 것이다. 저 농사꾼들은 자기들의 등불이 그 초라한 탁자를 비추는 줄로 생각하지만, 저들에게서 80킬로미터나 떨어진 곳에서는, 농부들이 무인 고도에서 바다를 향해 그것을 절망적으로 흔들고 있는 것같이 벌써 그 등불의 부르는 소리를 마음속에 느끼고 있는 것이다.

2

이와 같이 파타고니아 선, 칠레 선 또 파라과이 선의 우편기, 이렇게 3대가 남쪽과 서쪽과 북쪽에서 부에노스아이레스를 향해 돌아오고 있었다. 부에노스아이레스에서는 자정쯤 유럽 행 비행기를 떠나 보내기 위해서 이들이 실어오는 우편물을 기다리고 있었다.

3명의 조종사는 각각 지붕 달린 배와 같은 육중한 덮개 뒤에 앉아 어둠 속에서 방황하며 그들의 비행을 명상하고 있었다. 그리고 그들은 뇌우가 몰아치거나 혹은 평온하거나 한 하늘에서 엄청나게 큰 도시를 향해 마치 괴상하게 생긴 농부들이 산에서 내려오듯 천천히 내려왔다.

항공로 전체에 대해서 책임을 지고 있는 리비에르는 부에노스아이레스의 착륙장을 이리저리 거닐고 있었다. 그는 말이 없었다. 왜냐하면 이 비행기 3대가 도착하기 전까지는 이 날이 그에게는 몹시 무서운 날이기 때문이다. 매분마다 전해지는 통보에 따라 리비에르는 무엇인가가 그의 탑승원들을 운명의 손에서 빼앗고, 미지의 몫을 줄이고, 어둠 속에서 구해내서 해변에까지 끌어온다는 것을 의식했다.

인부 한 사람이 그에게 가까이 다가와서 무전국의 메시지를 전했다.

"칠레 선 우편기에서 부에노스아이레스의 등불이 보인다는 통보를 보냈습니다."

"좋소."

오래지 않아 리비에르에서 이 비행기의 폭음이 들려올 것이다. 밀물과 썰물로 가득 찬 바다가 그렇게도 오랫동안 가지고 놀던 보물을 해변에 돌려 주듯, 밤이 벌써 비행기 1대를 인도하는 중이었다. 조금 더 있으면, 밤은 나머지 비행기도 내어 줄 것이다.

그렇게 되면 오늘 하루는 청산이 되는 셈이다. 그렇게만 되면 기진맥진해진 탑승원들은 자러 가고, 새 탑승원들이 교대할 것이다. 그러나 리비에르에게만은 휴식이란 있을 수 없을 것이다. 이번에는 유럽행 비행기 때문에 그는 새로운 불안을 짊어지게 될 것이기 때문이다. 그것은 언제나 변함이 없을 것이다. 언제까지나. 이 연공을 쌓은 분투가가 처음으로 자기가 피로하다는 것을 느끼고 놀라는 것이다. 비행기가 도착하는 것이 전쟁을 끝마치고 행복한 평화 시대를 열어 주는 그 승리가 될 수는 절대로 없을 것이다. 그에게는 단지 이제부터 걸어야 할 천 걸음에 앞서 한 걸음을 떼어 놓은 것밖에 되지 않을 것이다.

리비에르는 자기가 오래 전부터 대단히 무거운 물건을 쳐들고 있는 것같이 느껴졌다. 휴식도 없고 희망도 없는 노력이라는 큰 짐을 말이다.

'나는 늙어가는구나…….'

자체의 행동 안에서 자기의 양식을 찾아내지도 못하게 되었다면 그는 늙어 가는 것이다. 그는 여지껏 한 번도 생각해 본 일이 없는 문제를 곰곰이 생각하게 되는 것이 이상하게 여겨졌다. 그런데도 지금까지 그가 늘 물리쳐 온 아늑한 느낌의 무리가 우울한 소리를 내며 그에게 달려드는 것이었다. 그것은 하나의 보이지 않는 대양(大洋) 같은 것이었다.

'그래 그것들이 이렇게까지 내게 가까이 왔단 말인가?'

그는 인간 생활을 즐겁게 해 주는 그것을 늙은 이후로, '시간이 있을때'로 조금씩조금씩 미루어 왔다는 것을 깨달았다. 마치 사람이 어느날 정말로 시간을 가질 수 있기나 한 것처럼. 마치 인생의 종말이 오면 그가 상상하는 그 평화를 차지하게 되기나 하는 것처럼 말이다.

그렇지만 평화라는 것은 있을 수 없다. 어쩌면 승리도 없을지 모른다. 모든 우편물이 다 도착하여 버린다는 법은 없는 것이다.

리비에르는 늙은 직공장 르루 앞에서 걸음을 멈추었다. 르루도 역시 40년째 일하는 사람이었다. 그는 노동에 모든 힘을 바쳐 왔다. 그는 밤 10시나 자정이 되어서야 집에 돌아가는데, 새로운 세계가 그 앞에 나타나는 것도 아니고 일상생활에

서 도피해 나가는 것도 아니었다. 둔중한 머리를 쳐들고 검푸르게 된 프로펠러 보스를 가리키며,

"요놈이 아주 단단히 버티었지만, 기어코 해치우고야 말았습니다."

라고 하는 이 사람에게 리비에르는 빙그레 웃어 보였다. 그리고 프로펠러 보스를 들여다보았다. 그에게 직접 의식이 돌아온 것이다.

"공장에 말해서 이 부속들을 좀더 빼기 쉽게 맞추라고 해야겠네."

그는 파진 곳을 손가락으로 또드락거려 보고 나서 다시 르루를 유심히 들여다보았다. 깊게 패인 주름살을 보자 우스운 질문이 그의 입술을 근지럽게 했다. 그는 그것이 우스웠다.

"르루, 자네는 살면서 연애를 많이 했나?"

"연애요? 소장님, 무어 그다지……."

"자네도 나 같군, 시간이 없었단 말이지."

"뭐, 별로 시간이……."

리비에르는 그의 대답이 애조를 띠었나 알아보려고 그의 목소리를 유심히 들었다. 그러나 그의 대답에 슬픈 빛은 없었다. 르루는 자기의 과거 생활에 대해 훌륭한 널빤지를 다듬어 놓은 목수가 '자, 됐다' 하고 느끼는 것 같은 고요한 만족감을 느끼고 있었다.

'자, 내 일생도 다 되었다.'

라고 리비에르는 생각했다.

그는 피로에서 오는 서글픈 생각을 모두 물리쳐 버리고 격

납고 쪽으로 조금씩 발길을 돌렸다. 칠레 선의 비행기가 폭음을 내고 있었기 때문이었다.

3

멀리서 들려오는 저 엔진 소리가 점점 더 크게 들렸다. 폭음이 이어졌다. 불들이 켜졌다. 항공 표지의 붉은 전등들이 격납고와 무전탑과 사각형 착륙장의 위치를 보여 주었다. 잔치를 준비하는 것이다.

"왔다!"

비행기는 벌써 탐조등의 빛살 속을 구르고 있었다. 어떻게나 번쩍거리던지 새 비행기같이 보이기조차 했다. 그러나 이윽고 비행기가 격납고 앞에 머물고, 기공들과 인부들이 몰려와 우편물을 내리기 시작하는데, 펠르랭 조종사는 꼼짝도 않고 있었다.

"아니, 내리지 않고 뭘 하는 거야?"

어떤 신비로운 일에 골몰하고 있던 조종사는 대답할 생각조차 하지 않았다. 아마 그는 자기 안을 지나가는 비행기의 폭음에 아직도 귀를 기울이고 있는 것이리라. 그는 서서히 머리를 끄덕이고, 몸을 앞으로 굽혀 무엇인가를 만지작거리고 있었다. 이윽고 그는 자기의 상사들과 동료들에게 몸을 돌리고, 자기 소유물이라도 둘러보듯 점잖게 그들을 둘러보았다. 그는 그들을 세어 보고 달아 보고 있는 것 같았다. 그리고 그 사람들과, 명절날같이 환히 밝혀 놓은 이 격납고를 그리고 이 딱딱한 콘크리트 바닥과 또 좀더 멀리 떨어진 분주한 도시와 여인들과 그 열기를 자기가 얻어냈다는 생각을 했다. 그는 자기의 널찍한 양손에 사람들을 자기 백성들과 같이 쥐고 있는 것이었다. 저들을 만질 수도, 저들의 목소리를 들을 수도, 그들을 욕할 수도 있었으니까. 그는 처음에 저들이 무사태평하게 살며, 달이나 구경하면서 우두커니 있다고 욕을 해 줄까도 생각했으나 정작 입에서 나온 말은 마음 무른 소리였다.

"…… 한잔 내게!"

그러고는 비행기에서 내렸다.

그는 자기 비행에 대해서 말하고 싶었다.

"오늘은 정말이지!"

이만하면 다들 알아 들었으리라 짐작하고, 그는 가죽으로 만든 비행복을 벗으러 갔다.

음울한 감독과 말수가 적은 리비에르와, 그를 태운 자동차가 부에노스아이레스를 향해 달릴 적에 그는 서글퍼졌다. 일을 그르치지 않고 해치우는 것이라든지, 땅에 내려서 원기 있게 굵직한 욕지거리를 해대는 것이 즐거운 일이기는 하다. 그것은 얼마나 벅찬 기쁨이냔 말이다. 그러나 그 다음 지난 일을 회상할 때에는 무엇인가에 대해서 의심이 나는 것이다.

태풍 속에서의 싸움, 적어도 그것은 실제로 있었던 일이고 진실한 것이다. 그러나 사물의 얼굴은, 그것들이 혼자만 있다고 생각하는 때의 얼굴은 진실하지 않다. 그는 생각했다.

'그건 꼭 혁명과 같은 것이다. 얼굴들이 약간 창백해지는 정도지만, 실제는 몹시도 변하는 것이다!'

그는 생각해 내려고 애를 썼다.

그는 태평스럽게 안데스 산맥 위를 날고 있었다. 겨울 눈이 아주 평화스런 모습으로 그 위를 덮고 있었다. 마치 오랜 세월이, 사람이 살지 않고 고성에 평화를 깃들게 한 듯이 겨울 눈이 어마어마한 덩어리 위에 평화를 깃들게 했다. 길이 200킬로미터나 되는 가운데에, 사람 하나, 생명의 호흡 하나, 노력 하나 없었다. 오직 6,000미터 높이에서 스치며 지나다니는 깎아지른 듯한 산봉우리들과 수직으로 떨어지는 암석 외투와 기막힌 정적만이 있을 뿐이었다.

투풍가토 봉 근처에서 비행하고 있을 때였다. 그는 곰곰이 생각했다. 그렇다. 그가 어떤 기적을 체험한 것은 그곳이었다.

기적 같은 일이었지만, 처음에 그는 아무것도 보지 못하고 다만 자기 혼자만이 있다고 생각하던 사람이, 혼자가 아니고 누가 보고 있을 적에 느끼는 것과 같은 거북살스러운 느낌이 들었다. 그는 너무 늦게, 또 어떻게 되었는지도 모른 채 자기가 분노에 둘러싸여 있다는 것을 느꼈다.

그것은 바위들 틈에서 스며나온다는 것을, 그것이 눈에서 솟아나온다는 것을 그는 무엇으로 짐작했을까? 왜냐하면 아무것도 그를 향해 오는 것이 없는 것 같았고, 아무 음흉한 폭풍도 다가오는 것이 없었으니까 말이다. 그런데도 겨우 다를까 말까한 세계가 당장에 딴 세계에서 생겨나고 있었다. 펠르랭은 왠지 알 수 없게 가슴을 죄며, 회색빛이 약간 더 짙을까 말까한 그 더럽혀지지 않은 산봉우리들, 그 산등성이들, 그 눈 덮인 산봉우리들이 한 떼의 민중처럼 술렁거리기 시작하는 것을 바라보았다.

싸워야 할 것이 없는데도 그는 핸들을 잡은 손에 힘을 주었다. 그가 이해하지 못하는 무슨 일이 일어나려고 하는 중이었다. 뛰어오르려는 짐승처럼 그는 근육을 긴장시켰다. 그런데도 그의 눈에는 고요한 것 이외엔 아무것도 보이지 않았다.

그렇다. 고요하기는 했다. 그러나 이상스런 힘을 지니고 있는 고요함이었다.

그 다음은 모두가 날카로워졌다. 그 산등성이며 그 산봉우리들 모두가 날카로워졌다. 그것들이 뱃머리 모습으로 세찬 바람을 뚫고 들어가는 것같이 느껴졌다. 그런 다음에 그 뱃머리들이 전투 위치에 배치되는 어머어마한 배들처럼 그의 둘레를 이리저리 돌아다니는 것 같았다. 그러고는 공기에 섞여 먼지가 일었다. 그 먼지는 돛 모양으로 눈을 스치며 천천히 올라와 펴졌다. 그래서 그는 어쩔 수 없이 퇴각하는 경우에 빠져나갈 구멍을 찾으려고 돌아보다가 몸을 덜덜 떨었다. 안데스 연봉이 뒤에서 부글부글 끓어오르고 있었기 때문이었다.

"이젠 죽었구나."

앞쪽에 있는 한 산봉우리에서 눈이 솟아올랐다. 그것은 눈을 뿜는 화산 같았다. 그러고는 약간 오른쪽에 있는 다른 산봉우리에서, 그 다음은 모든 봉우리가 차례차례로 어떤 보이지 않는 달음박질꾼에 부딪친 것처럼 불이 붙었다. 공기의 첫 동요와 더불어 조종사 주위에 있는 산들이 흔들리기 시작한 것은 그때였다.

격심한 행동은 자취를 별로 남겨 놓지 않는 법이어서 그는 자기를 엄습했던 저 커다란 동요를 이미 기억 속에서 찾아낼 수가 없었다.

다만 자기가 그 회색 불꽃 속에서 미친 듯이 몸부림치며 싸웠다는 것이 생각날 뿐이었다.

그는 곰곰이 생각해 보았다.

'태풍은 아무것도 아니다. 살아날 수 있다. 그러나 그 전에 그것과 맞부딪치게 된다면 정말로 기가 막힌다!'

그는 그 수많은 모습 중에서 한 모습을 알아낼 듯싶었으나 그것마저 이미 잊어버리고 말았다.

4

리비에르는 펠르랭을 들여다보고 있었다. 이 사람은 20분 후에 차에서 내리면 노곤하고 몸이 무겁다는 기분으로 군중 속에 들어가 섞일 것이다. 그는 아마 '아아, 피곤하다……. 더러운 놈의 직업이야!' 하고 생각할 것이다. 그리고 또 그의 아내에게는 '안데스 산 위보다는 여기가 낫지' 하는 따위의 말을 할 것이다. 그런데도 사람들이 그렇게 강한 애착을 느끼는 것도 모두 그의 관심을 끌지는 못했다. 그는 바로 전에 그것들이 얼마나 하찮은 것인가를 경험한 길이었으니까. 그는 몇 시간 동안을 그 배경의 뒤쪽에서 살며 자기가 이 도시를, 이 등불들 속에서 다시 볼 수 있을 지 알지 못했다. 그뿐 아니라, 귀찮기는 해도 친밀감이 느껴지는, 어렸을 때부터의 벗들인 인간의 그 작은 약점까지도 모두 다시 볼 수 있을지 알지 못했다. 리비에르는 생각했다.

'어떤 군중 속에든지 그 사람이라고 꼬집어 낼 수는 없지만, 놀라운 사명을 띠고 있는 사람들이 있다. 그 사람들 자신도 그것을 모르고 있기는 하지만…….'

리비에르는 탄복자들을 싫어했다. 그들은 모험의 신성한 성격을 이해하지 못하며 그들의 감탄은 그 모험의 의의를 모독하고, 모험을 행한 사람의 가치를 덜기 때문이었다. 그러나 펠르랭은 다만 어떤 광선 밑에서 엿본 세계가 어떤 값어치가 있는지를 누구보다도 잘 알고 있으며, 속된 찬사를 아주 경멸하는 태도로 물리칠 수 있는 위대함을 완전히 지니고 있었다. 그래서 리비에르는,

"어떻게 잘 해치웠나?"
하고 그를 칭찬했다. 그러나 펠르랭은 직업에 대한 말만 하고, 자기가 해치운 비행에 대해, 대장장이가 모루 이야기를 하듯 하는 것만을 좋아했다.

펠르랭은 우선 도망갈 길이 끊어졌더라는 것을 설명했다. 그는 거의 용서라도 청하는 듯했다.

"그래서 저는 달리 할 도리가 없었습니다."

그런 다음 그는 눈이 앞을 가로막는 바람에 아무것도 보이지 않았으나 세찬 기류가 그를 1,000미터 높이까지 올려 줌으로 해서 구원을 받았다는 것이라고 했다.

"저는 산맥을 넘어 비행하는 중에 쭈욱 산봉우리와 가지런한 높이로 난 모양입니다."

그는 또 눈이 틀어막자 자이로스코프의 통풍공 위치를 바꿔야 했었다는 말도 했다.

"성에가 하얗게 꼈단 말입니다."

조금 지나자 다른 기류가 펠르랭을 3,000미터까지 내리질렀는데, 그는 어째서 아직 아무것과도 충돌을 하지 않았는지 알 수가 없었다는 것이었다. 그것은 그가 이미 평야 위를 비행하고 있었기 때문이었다.

"나는 별안간 맑게 개인 하늘로 접어들면서야 그것을 깨달았어요."

그는 마침내, 그때에는 움막에서 나오는 것 같은 느낌이었다고 설명했다.

"멘도자에도 폭풍설이었던가?"

"아니오. 쾌청, 무풍 속에 착륙했어요. 하지만 폭풍이 내 뒤를 바싹 따르고 있었습니다."

그는 '그래도 그건 이상한 것'이라고 생각했기 때문에 그 폭풍을 묘사했다. 꼭대기는 아주 높게 눈구름 속에 잠겨 있었는데, 아래쪽은 검은 용암이 흐르듯 평야 위에 서리어 있었고 하나씩 둘씩 도시들이 폭풍설에 잠겨 들어갔다는 것이었다.

"난 그런 걸 여태껏 본 일이 없습니다."

그러고는 무슨 생각에 마음이 언짢아졌는지 입을 다물었다. 리비에르는 감독을 돌아다보았다.

"그건 태평양에서 불어오는 태풍이었지. 우리는 경보를 너무 늦게 받았단 말이야. 하긴 이 태풍은 안데스 산맥을 넘어오는 일이 없거든."

이번 태풍이 동쪽을 향해 그 줄기찬 달음박질을 계속하리라는 걸 예측할 수는 없었던 것이다. 거기에 대해 아무것도 모르는 감독은 고개만 끄덕였다.

감독은 망설이는 것 같더니 펠르랭 쪽으로 몸을 돌리곤 목줄띠를 놀렸다. 그러나 그는 입을 열지 않았다. 잠깐 생각하더니, 자기 앞을 똑바로 내다보는 것으로 그 우울한 위엄을 회복했다.

그는 짐을 들고 다니듯 이 우울을 지니고 다녔다. 꼬집어 말할 수 없는 무슨 일 때문에 리비에르가 오라고 해서, 그 전날 아르헨티나에 도착한 그는 커다란 양손과 감독으로서의 위엄을 거북스럽게 몸에 지니고 있었다. 그는 허황된 공상이나 시상(詩想)을 칭찬할 권리가 없었다. 그는 직책상의 착실함을 칭찬했다. 그는 함께 한잔 술을 나눌 권리도 없었고, 동료에게 반말을 지껄일 권리도 없었다. 그는 있을 수 없을 정도로 아주 우연히, 같은 기항지 비행장에서 다른 감독하고라도 만나지 않는 한 농담 한 마디 할 권리도 없었다.

'재판관 노릇을 하기란 힘이 드는구나.'

하고 그는 생각했다.

사실 그는 판단을 하는 것이 아니고, 머리를 끄덕이는 것이었다. 아무것도 모르니까 만나는 것 앞에서 천천히 머리만 끄덕였다. 그것은 사람들의 양심을 불안스럽게 만들어 회사의 물자를 유지시키는 데에 이바지했다. 왜냐하면 감독이란 사랑의 즐거움을 누리기 위해서가 아니고, 보고서를 쓰기 위해서 만들어졌기 때문이다. 그는 리비에르에게서 아래와 같은 편지를 받은 뒤로는 그 보고서에 무슨 새로운 제도라든가 기술상 해결책을 제출하는 것을 단념했다.

로비노 감독은 시가 아닌 보고서를 우리에게 제출하기 바랍니다. 그는 능력을 유효하게 발휘해서 직원들의 정신을 고무해야 합니다.

그래서 그는 그때부터 매일 먹는 빵에 덤벼들 듯 사람들의 결점을 파고들었다. 술을 마시는 기공에게, 밤을 새우는 비행장 주임에게, 착륙할 적에 비행기를 덜커덩 뛰게 하는 조종사에게도 덤벼들었다.

리비에르는 그에 대해서 이런 말을 했다.

"그는 별로 똑똑하지 못하다. 그래서 크게 소용에 닿는다."

리비에르가 만들어 놓은 규칙은 그에게 있어서는 사람들이 알아본다는 것이었다. 그러나 로비노에게 있어서는 규칙을 안다는 것밖에 아무것도 없었다.

"로비노, 지각해서 출발하는 사람에게는 일체 정근 수당은 주지 말아야 합니다."

라고 어떤 날 리비에르가 말한 적이 있었다.

"불가항력의 경우에도요? 안개가 끼었을 적에도요?"

"안개가 끼었을 적에도."

이리하여 로비노는 불공평한 처사를 하는 것도 꺼리지 않을 만큼 아주 꿋꿋한 상사를 가진 것이 일종의 자랑으로 여겨졌다. 로비노 자신도 이토록 무례한 권한에서 어떤 위엄을 받아 낼 수 있는 것이었다.

그 다음에 그는 비행장 주임들에게 늘 이런 말을 했다.

"6시 15분에 출발시켰으니, 당신에겐 수당을 줄 수 없게 되었습니다."

"하지만 로비노 씨, 5시 반에는 10미터 앞도 내다보이지 않았는걸요!"

"그건 규칙이니까요."

"하지만 로비노 씨, 우리가 안개를 쓸어 버릴 수는 없지 않습니까?"

그러면 로비노는 그의 신비 속으로 숨어들어 가는 것이었다. 그는 회사의 지도급 인물이다. 팽이 같은 이 사람들 중에서 오직 그만이 직원들을 벌함으로써 어떻게 날씨를 개선해 나갈 수 있는지를 알고 있었다.

"그 사람은 아무것도 생각하지 않는다. 그러니까 잘못 생각하지 않게 된다."
라고 리비에르는 말했다.

조종사가 기체를 파손하면 보전 수당을 잃게 되어 있었다.

"그러나 고장이 수풀 위에서 일어났을 경우에는요?"

로비노는 이렇게 물었다.

"수풀 위에서 일어났을 적에도."

그래서 로비노는 하라는 대로 실행했다.

그 후 그는 대단히 기분 좋은 말투로 이런 말을 하는 것이었다.

"미안하지만, 아주 대단히 미안하지만 말입니다. 고장을 다른 데에서 일으켰어야 했었단 말씀이야."

"그렇지만 로비노 씨, 그걸 마음대로 합니까?"

"규칙이 그러니까요."

리비에르는 생각했다.

'규칙이란 것은 종교 의식과 비슷한 것인데, 이 종교 의식은 조리 없는 것처럼 보이지만, 인간을 도야하는 것이다.'

리비에르는 공평하게 보이거나 불공평하게 보이거나 하는 것은 아랑곳하지 않았다. 어쩌면 그에게는 이 말들이 의미를 갖지 않는 것이었는지도 모른다. 작은 도시의 소시민들은 저녁때에 음악당 둘레를 거닐고 있었는데, 리비에르는 이런 생각을 했다.

'이들에게 대해 공평하다든가 불공평하다든가 하는 것은 의미없는 일이다. 그들은 존재하지 않는 것이니까.'

그에게 있어 사람은 반죽을 해서 만들어야 할 날밀초였다. 물질에 영혼을 불어넣고 의지를 창조해 주어야 하는 것이었다. 그는 이렇게 엄격히 해서 그들을 억압할 생각은 없었다. 다만 그들을 그들 자신에게서 해탈하게 할 생각이었다. 그가 이렇게 어떤 지각이든지 벌하는 것은 물론 불공평한 일이기는 했다. 그러나 각 비행장의 의지를 출발쪽으로 긴장시켰다. 그는 이 의지를 창조하는 것이었다. 부하 직원들을, 날씨가 불순한 것이 휴식에 초대라도 받는 것처럼 좋아하지 못하게 함으로써, 그는 그들에게 일기가 회복되는 것을 조바심하며 바라게 했다. 그래서 아주 형편없는 일꾼까지도 기다리는 것을 은근히 부끄럽게 생각했다.

이렇게 해서, 갑옷을 두른 듯한 안개에 조금이라도 빈틈이 생기면 그것을 이용할 수가 있었다.

"북쪽이 벗어졌다. 출발하자!"

리비에르의 덕택으로 1만 5,000킬로미터에 걸쳐 우편기를 위하는 마음이 모든 것을 초월하게 만들었던 것이다.

리비에르는 가끔 이런 말을 했다.

"저 사람들은 자기들이 하는 일을 사랑하니 행복하다. 그리고 저들이 그것을 사랑하는 것은 내가 엄격하기 때문이다."

그는 어쩌면 아랫사람들을 괴롭힐지도 모른다. 그러나 그들에게 벅찬 기쁨을 마련해 주기도 했다.

'괴로움도 기쁨도 모두 끌고 가는 강인한 생활을 향해서 저들을 밀어 주어야 한다. 그런 생활만이 가치 있는 것이다.'

그는 이렇게 생각했다.

자동차가 시내로 들어서자 리비에르는 회사 사무소로 데려가 달라고 했다. 펠르랭과 둘이서 차에 남아 있던 로비노가 조종사를 쳐다보며 말을 하려고 입을 벌렸다.

5

그런데 로비노는 그날 저녁 풀이 죽었다. 그는 승리자 펠르랭의 앞에서 자기의 생활이 빛이 없음을 발견한 길이었다. 그가 특히 깨달은 것은, 로비노는 자기의 감독이라는 명칭이 거기에 따르는 권능을 가졌음에도 불구하고, 몸이 지칠 대로 지쳐서 눈을 감고 손에는 시꺼멓게 기름이 묻은 채 차 한구석에 웅크리고 있는 이 사람보다 더 가치가 없다는 사실이었다. 처음으로 로비노는 감탄하는 마음이 우러났다.

그는 그것을 말로 표현하고 싶었다. 그는 무엇보다도 우정을 차지하고 싶어졌다. 그는 여기까지의 여행과 그날의 실패로 인해서 풀이 죽어 있었다. 또 그는 자기 자신을 우스꽝스럽게 생각했는지도 모른다. 오늘 저녁 그는 휘발유 재고량을 조사하다가 계산이 틀렸음을 발견했다. 그런데 자기가 결점을 찾아냈으면 했던 바로 그 직원이 그가 하도 딱해 보여서 계산을 끝마쳐 주었다. 그러나 무엇보다도 큰 실수는 B6호

형 오일 펌프를 맞춘 것을, B4호 형으로 잘못 알고 그를 나무랐던 것이다. 약아빠진 기계공들은 '도무지 용서받을 수 없는 무식'이라고 할 그의 무식을, 로비노 자신이 20분 동안이나 마구 비판하도록 가만히 내버려 두었다.

그는 또 자기 호텔방이 무서워졌다.

툴루즈에서 부에노스아이레스까지 이르는 동안 일을 하고 나서 어김없이 찾아가는 것은 자기 호텔방이었다. 그는 무거운 비밀의 짐을 지닌 양심을 안고 그 방에 틀어박혀 트렁크에서 종이 한 다발을 꺼내 놓고, 천천히 보고서를 쓴답시고 서너 줄 쓰다가는 모두 찢어 버리곤 했다. 그는 회사를 중대한 위험에서 구해 내고 싶었는데, 회사는 아무런 위험도 없었다. 지금까지 그가 구해 낸 것이란 녹이 슨 프로펠러 보스 하나밖에 없었다. 그는 몹시 험악한 얼굴로 어떤 비행장 주임 앞에서 손가락으로 그 녹슨 것을 가리켰다. 그런데 그 주임은 그에게 이렇게 대답했다.

"그건 앞에 있는 비행자에게 말씀하십시오. 이 비행기는 거기서 온 길이니까요."

로비노는 그리하여 자기의 구실이 무엇인지 의심이 날 지경이었다.

그는 펠르랭에게 접근하고 싶어서 한 마디 해 보았다.

"오늘 저녁 나하고 같이 식사 안 하시렵니까? 같이 이야기를 좀 해야겠어요. 내 직업이 어떤 때는 견디기 어려운 일이라……."

그러고는 자기를 갑자기 너무 낮추지 않을 작정으로 한 마디 고쳐서 덧붙였다.

“나는 책임이 하도 중해서!”

그의 하급 직원들은 로비노를 자기네 사생활에 들이기를 별로 좋아하지 않았다. 각자가 이런 생각을 했다.

“보고할 건더기를 아직 발견하지 못했다면, 그자는 허기가 진 판이니까 아마 나를 잡아먹을 거다.”

그러나 이날 밤 로비노는 자기의 비참한 처지밖에는 아무것도 염두에 없었다. 몸이 골치 아픈 습진으로 괴로움을 당하는 것이 그의 유일한 진짜 비밀이었는데, 그는 그 이야기를 해서 동정을 받고 싶었다. 그리고 오만 가운데에서 위로를 받을 수 없으므로 겸손 속에서 그것을 찾아보려 했다. 그는 또 프랑스에 정부(情婦)가 하나 있었는데, 출장 여행에서 돌아온 날 밤에 감찰 이야기를 해서, 그 여자를 좀 현혹시켜 자기를 사랑하도록 만들려고 했으나 그 여자는 그를 싫어했다. 그래서 그 여자 이야기도 하고 싶었던 것이다.

“그럼 같이 식사를 할까요?”

펠르랭은 승낙했다.

6

리비에르가 부에노스아이레스 사무소에 들어섰을 적에 사무원들은 꾸벅꾸벅 졸고 있었다. 그는 외투도 모자도 벗지 않았다. 그는 영원한 길손 같아 보였다. 그의 작은 키는 공기를 아주 조금밖에는 움직이지 않았고, 반백이 된 그의 머리와 특색 없는 옷은 모든 배경과 하도 잘 어울려서, 그는 거의 사람들의 눈에 띄지 않고 출입할 지경이었다. 그런데도 어떤 직원들은 갑자기 열을 내기 시작했다. 사무원들은 놀라고 계장은 급히 마지막 남은 서류를 조사하고 타이프라이터를 또드락거리기 시작했다.

전화 교환수는 교환대에 접속전을 꽂고 두꺼운 장부에 전보를 적어 넣었다.

리비에르는 자리에 앉아서 전보를 읽었다.

칠레 선 비행기의 시련을 겪은 뒤 그는 행복한 하루의 역사를 반복해서 읽었다. 그것은 일들이 저절로 순탄하여, 비행기가 지나간 비행장에서 차례차례 보내 오는 전보가 승리에 대한 간단한 보고라고 느껴지는 날이었다. 파타고니아 선 비행기도 진행이 빨랐다. 바람이 남에서 북으로 불어 그 유리한 큰 물결을 밀어 주는 까닭이었다.

"기상 보고를 이리 주게."

각 비행장이 밝은 날씨와 맑게 갠 하늘과 순풍을 자랑하고 있었다.

황금빛 저녁 놀이 아메리카를 덮고 있었다.

리비에르는 모두가 그렇게 열심인 것이 기뻤다. 지금 저 우편기는 어디에선가 밤의 모험을 하고 있지만 그러나 아주 좋은 컨디션으로 싸우고 있을 것이었다.

리비에르는 장부를 밀어 놓았다.

"좋아."

그리고는 세계의 반쪽을 지키는 야경꾼으로서 일하는 것을 한번 둘러보기 위해서 밖으로 나갔다.

열린 창문 앞에서 그는 걸음을 멈추고 밤을 이해하였다. 밤은 부에노스아이레스를 둘러싸고 있었다. 그러나 또 넓고 넓은 성당 신자석같이 아메리카를 품고 있기도 했다. 그는 이 위대한 감각을 이상하게 여기지는 않았다. 칠레의 산티아고의 하늘은 외국 하늘이다. 그러나 우편기가 칠레의 산티아고를 향해 떠나기만 하면, 이 항공로의 끝에서 끝까지 사람들은 높다란 한지붕 밑에서 사는 것이었다. 지금 무전기의 수화기로 그 목소리를 붙잡으려고 등대하고 있는 다른 1대의 우편기로 말하더라도, 파타고니아 어부들은 그 현들이 반짝이는 것을 볼 것이었다. 비행중에 있는 비행기에 대한 걱정, 그것은 엔진의 요란한 소리와 함께 리비에르를 내리눌렀으나 여러 수도와 여러 지방들을 내리누르기도 했다.

이 활짝 개인 밤 하늘에 행복감을 느끼며, 그는 질서가 문란했던 밤, 비행기가 위험스럽게도 깊이 빠져들어가 구조하기가 무척 힘들 것같이 생각되던 밤이 생각났다. 부에노스아이레스의 무전국에서는 천둥소리의 잡음과 섞여서 들려오는 그 비행기의 호소에 귀를 기울였다. 이 캄캄 절벽인 모암 밑에서는 금과 같은 아름다운 음파는 잘 들리지 않았다. 밤의 장애물들을 향해 무턱대고 쏘는 화살같이 달려드는, 우편기 단조의 노래 속에는 얼마나 애절한 감정이 들어 있었던가!

밤샘을 하는 날 밤, 감독이 있을 자리는 사무실이라고 리비에르는 생각했다.

"로비노를 찾으러 보내게."

로비노는 지금 한 조종사를 친구로 만들려고 하는 참이었다. 그는 호텔에서 자기 트렁크를 열어 보였다. 그 트렁크에서는 감독을 보통 남자들과 비슷한 인간으로 만들어 버리는 자질구레한 물건들이 나왔다. 야한 와이셔츠와 화장 도구 그리고 말라빠진 여자의 사진 1장, 그 사진을 감독은 벽에 꽂았다. 그는 이렇게 자기의 소원과 애정과 후회에 대해서 펠르랭에게 겸손한 고백을 하고 있었다.

자기의 보물들을 초라한 순서로 늘어놓음으로써, 그는 조종사 앞에 자기의 비참함을 펼쳐 보이는 것이었다. 그것은 정신적 습진이었다. 그는 자기의 감옥을 보여 주는 것이었다.

그러나 로비노에게도 다른 모든 사람과 마찬가지로 조그마한 광명이 하나 있었다. 그는 트렁크 밑에서 소중하게 싼 조그마한 주머니를 끄집어 내면서 크나큰 기쁨을 느꼈다. 그는 아무 말 없이 오랫동안 그것을 만지락거렸다. 그리고 마침내 손을 펴고 말았다.

"이것은 사하라에서 가져온 겁니다."

감독은 이런 속내 이야기를 꺼내 놓는 것이 부끄러웠다. 그는 그의 회한과 불운한 결혼 생활과 그 모든 회색 현실에서, 신비로운 삶의 세계로의 문을 열어 주는 그 거무스름한 조약돌을 가지고 위로를 받아왔던 것이다.

그는 좀더 얼굴을 붉히며,

"브라질에도 이와 같은 돌이 있지요."

라고 말했다.

펠르랭은 아득한 공상의 세계를 헤매고 있는 감독의 어깨를 두드렸다.

펠르랭은 또 감독을 어색하게 하지 않으려고 물었다.

"지질학을 좋아하십니까?"

"그게 내 즐거움이랍니다."

그의 생애는 오직 돌들만이 그에게 아늑한 느낌을 주었다.

로비노는 사람이 부르러 왔을 적에 서글픈 생각이 들었으나 이내 위엄을 회복했다.

"리비에르 씨가 무슨 중대한 결정을 하기 위해서 나와 의논을 하겠다기에 가 봐야겠습니다."

로비노가 사무실에 들어갔을 적에, 리비에르는 감독 생각을 까맣게 잊어버리고 있었다. 그는 회사의 항공망이 붉은 줄로 기입되어 있는 벽 지도 앞에서 명상에 잠겨 있었다. 감독은 그의 명령을 기다렸다. 한참 지나서 리비에르는 머리를 돌리지도 않는 채 그에게 물었다.

"로비노, 당신은 이 지도를 어떻게 생각하시오?"

공상에서 깨어날 때 그는 가끔 수수께끼를 내놓는 일이 있었다.

"이 지도요? 소장님……."

사실을 말하자면 감독은 그 지도에 대해서 아무런 생각도 가지고 있지 않았다. 다만, 무뚝뚝한 표정으로 지도를 자세히 들여다보며 유럽과 아메리카를 대충 관찰하고 있었다. 하기는 리비에르도 자기의 명상을 그대로 계속하면서 감독에게 그 생각하는 바를 알리지 않는다.

'이 항공망의 얼굴은 아름답기는 하지만 가혹하다. 그것은 우리에게서 많은 생명, 많은 젊은이를 빼어 갔다. 그것은 이루어진 사명에 대한 위엄을 뽐내며 여기에 버티고 있지만 또 얼마나 많은 문제를 제출해 놓을 것인가?'

그러나 로비노에게 있어서는 목적이 모든 것에 앞서는 것이었다.

로비노는 그의 곁에 서서 여전히 앞에 있는 지도를 똑바로 들여다보다가 차차로 몸을 젖혔다. 그는 리비에르에게서 아무런 연민도 바라지 않았다.

그는 언젠가 한 번 자기가 우스운 병으로 인해서 일생을 망쳤다는 것을 고백해 보았는데, 리비에르는 퉁명스레 이렇게 대답했었다.

"잠을 자지 못하게 한다면, 당신의 활동을 도와 주기도 하겠구료."

그것은 반 농담에 지나지 않았다. 리비에르는 늘 이런 말을 했다.

"불면증이 어떤 음악가에게 좋은 작품을 창작하게 한다면 그것은 좋은 불면증이다."

하루는 르루를 가리키며,

"저것 좀 봐요. 사랑을 멀리 달아나게 하는 저 추한 모습이 얼마나 아름다운냔 말이야."

르루가 가진 위대함은 어쩌면 그의 일생을 오직 그 직업에 바치게 만든 그 추한 모습 덕택이었는지도 모른다.

"당신은 펠르랭하고 대단히 친숙합니까?"

"그……."

"그걸 나무라는 건 아닙니다."

리비에르는 뒤로 돌아서 머리를 숙이고 착착 걸었다. 로비노도 그 뒤를 따라다녔다. 리비에르의 입술에 쓸쓸한 미소가 떠올랐으나 로비노는 그것이 무엇 때문인지를 알지 못했다.

"다만…… 다만, 당신은 상사란 말이오."

"네."

하고 로비노는 대답했다.

리비에르는 매일 밤, 하늘에서 한 행위가 연극의 줄거리처럼 이렇게 엮어지는 것이라고 생각했다. 의지가 해이한 것은 참패의 원인이 될 수도 있었고 또 날이 새기까지는 많은 투쟁을 하지 않으면 안 될지도 모르는 것이었다.

"당신은 당신의 구실에 충실해야 하는 거요."

리비에르는 말 한 마디 한 마디를 충분히 생각해서 했다.

"내일 밤, 그 조종사에게 당신이 위험한 출발을 명해야 될지도 모릅니다. 그러면 그는 당신에게 복종해야 합니다."

"네……."

"당신은 많은 사람들의 생명을 거의 맡아 가지고 있다고 할 수 있는데, 그것도 당신보다 값어치가 있는 사람들의 생명이란 말이오."

그는 망설이는 듯하다가 말했다.

"이건 아주 중대한 일입니다."

리비에르는 여전히 잔걸음으로 왔다갔다하며 말을 끊었다.

"만일 저들이 우정 때문에 당신에게 복종한다면 당신은 저들을 속이는 거란 말이오. 당신은 개인적으로 아무런 희생을 요구할 권리도 없는 것입니다."

"그야 물론 없지요."

"그리고, 저들이 당신의 우정으로 해서 어떤 고통을 면하리라고 생각한대도 당신이 저들을 속이는 게 됩니다. 아무래도 저들은 복종을 해야겠으니 말입니다. 어쨌든 거기에 앉으시오."

리비에르는 손으로 조용히 로비노를 자기 책상 쪽으로 밀었다.

"로비노, 나는 당신을 당신의 위치로 돌려놓으렵니다. 당신이 피로하더라도, 저 사람들에게는 당신을 도와 줄 의무가 없는 겁니다. 당신은 상사니까, 당신의 약한 마음씨는 우스꽝스러워요. 자, 쓰시오."

"나는……."

"쓰시오, '로비노 감독은 이러저러한 이유로 펠르랭 조종사에게 이러저러한 징벌을 내림' 이라고. 이유는 아무거나 당신이 생각해 내시오."

"소장님!"

"내가 말하는 걸 이해한 셈치고 하시오, 로비노. 당신이 지휘하는 자를 사랑하시오. 그러나 그들에게 그 말은 하지 말고 사랑하시오."

로비노는 또 다시 열을 내고, 프로펠러 보스를 닦게 할 것이다.

어떤 불시 착륙장에서 무전 보고가 왔다.

'비행기 보임. 비행기에서 다음과 같은 통보가 왔음. 엔진 회전 부조(不調), 착륙하겠음.'

아마 30분은 손해볼 것이다. 리비에르는 특급 열차가 선로 위에 정지해서 1분 1분 들판의 한 조각을 끌어다 주지 않게 되었을 때 느끼는 그 안타까움을 체험했다.

괘종의 큰 바늘이 지금 죽은 공간을 가리키고 있었다. 바늘이 가리키는 이 컴퍼스의 각도 속에 얼마나 많은 사건이 포함

될 수 있었을지 모를 일인데. 리비에르는 기다리는 시간의 지루함을 덜기 위해서 밖으로 나왔다. 그러자 밤은 배우 없는 무대처럼 텅 빈 것 같았다.

"이런 훌륭한 밤을 허송하다니!"

그는 별이 총총 박힌 환히 트인 그 하늘을, 허비된 이런 밤의 금화와 같은 저 달을, 저 고고한 항공 표지등을 창문으로 내다보았다.

그러나 비행기가 이륙하자 그 밤은 리비에르에게 한층 더 아름답고 감개무량한 것이 되었다.

밤은 그 태(胎) 속에 생명을 배고 있었다. 리비에르는 그 생명을 보살피고 있었다.

"일기가 어떻소?"

하고 탑승원들에게 무전으로 묻게 했다.

10초가 지난 다음 '쾌청'이라는 답전이 왔다.

그 다음은 통과한 몇몇 도시의 이름이 들려 왔다. 그러면 리비에르에게는 그것이 싸움에서 공략된 도시들같이 생각되는 것이었다.

7

1시간 뒤에 파타고니아 선 우편기의 무전사는 어깨에 올라앉은 것처럼 조용히 몸이 쳐들리는 것을 깨달았다. 그는 주위를 둘러보았다. 무거운 구름이 별들로 가려지고 있었다. 그는 땅을 내려다보았다. 그는 풀숲에 숨은 반딧불과 같은 촌락들의 등불을 찾아보았으나 그 시커먼 풀숲에는 아무것도 반짝이는 것이 없었다.

그는 만만치 않은 한 밤을 겪을 것을 예상하고 기분이 우울해졌다. 전진했다가 후퇴해서 정복했던 영토를 다시 내주어야 하는 그런 밤이 될 것같이 생각된 것이다. 그는 조종사의 전략을 이해하지 못했다. 그의 생각에는 좀더 가면 벽에 부딪치듯 밤의 두께와 맞부딪칠 것 같았다.

지금 그는 그들 앞쪽에 지평선과 가지런한, 대장간의 불빛같이 희미한 빛이 어른거리는 것을 발견했다. 무전사가 파비앵의 어깨를 건드렸다. 그러나 파비앵은 꼼짝도 하지 않았다.

먼 뇌우로 인한 최초의 바람이 비행기를 향해 몰아쳤다. 금속으로 된 기체가 슬그머니 쳐들리며 무전사의 육체를 지그시 누르더니, 다음에는 녹아서 사라지는 것 같아, 그는 몇 초 동안 밤 속에 홀로 떠 있는 것 같은 느낌이 들었다. 그래서 그는 강철로 된 미간(尾桿)을 양손으로 꽉 붙들었다.

그리고 그에게는 이제 조종석의 붉은 램프 외에는 아무것도 보이지 않으므로, 오직 광부의 안전등 하나만의 보호를 받으며 아무 도움도 없이 밤 한가운데로 내려간다는 생각이 들어 몸이 으스스 떨렸다. 그는 조종사에게 어떻게 할 작정인지를 감히 물어보지도 못하고, 두 손으로 강철을 움켜쥔 채 몸을 그 편으로 구부리고 어두운 목덜미를 바라보고 있었다.

희미한 빛 속에서는 오직 꼼짝하지 않는 머리와 양 어깨가 우뚝 솟아 있을 뿐이었다. 이 육체는 약간 왼쪽으로 기울어져서 얼굴은 뇌우와 겨루고 있는 시커먼 덩어리에 지나지 않았다. 그 얼굴은 아마 번개가 칠 때마다 번쩍이고 있으리라. 그러나 무전사에게는 그 얼굴이 조금도 보이지를 않았다. 폭풍우를 무릅쓰고 달려들려고 하는 그 얼굴에 나타나는 모든 감정, 그 꽉 다문 입, 그 의지, 그 격노, 그 창백한 얼굴과 거기 보이는 그 짧은 번갯불 사이에 교환되는 중요한 것은 모두 그에게는 꿰뚫어 볼 수 없는 것이었다.

그렇지만, 그에게도 이 움직이지 않는 그림자 안에서 축적된 정력이 짐작되었고, 그 그림자를 사랑하였다. 그 그림자는 그를 폭풍우를 향해 끌고 가는 것이 틀림없었으나, 그것이 그를 덮어주기도 했다. 핸들을 꽉 붙들고 있는 그 손들이 짐승의 목덜미를 내리누르듯 벌써 폭풍우을 내리누리고 있었지만, 힘이 잔뜩 들어 있는 그 어깨는 꿈짝도 않고 있었다. 그는 거기에서 깊은 근신을 느낄 수 있었다.

요컨대 책임은 조종사가 지는 것이라고 무전사는 생각했다. 그리고 지금은 화재를 향해 네 굽을 놓고 달리는 말의 엉덩이에 덧붙여 타고 앉아 자기 앞에 있는, 그 검은 형체가 나타내는 물질적이고 묵직한 것, 그것이 표현하는 영속적인 것을 음미하고 있었다.

왼손 쪽에 명멸 등대와 같이 희미하게 또하나의 번갯불이 번뜩였다.

무전사가 파비앵에게 그것을 알리기 위해서 어깨를 건드리려고 손을 드는 중인데, 파비앵이 천천히 머리를 돌려 몇 초 동안 이 새로운 적과 얼굴을 마주 대했다가 다시 천천히 그 전 위치로 돌아가는 것이 보였다. 그 어깨는 여전히 꿈짝하지 않았고, 목덜미는 여전히 의자의 가죽에 기대 있었다.

8

리비에르는 좀 거닐다가 다시 일어나기 시작한 불안을 잊어보려고 밖으로 나왔다. 그러니까 행동을 위해서만, 극적인 행동을 위해서만 살아가고 있던 그에게, 이상하게도 연극이 자리를 바꾸어서 개인적인 것이 되는 것같이 느껴졌다. 작은 도시와 소시민들이, 그들의 음악당 둘레에서 볼 때에는 평온한 생활을 하는 것 같지만, 어떤 때는 병이다, 사랑이다, 초상이다 하는 따위의 가지가지 비극이 들어찬 생활도 하고 있다고 그는 생각했다. 그러므로 어쩌면 자신의 불안이 그에게 많은 것을 가르쳐 줄지도 모른다. 그래서 보는 눈이 트이는 것이라고 그는 생각했다.

'오늘밤 내 비행기가 2대나 날고 있으므로 나는 하늘 전체에 대해서 책임이 있다. 저 별은 군중 속에서 나를 찾고 또 찾아내는 신호다. 그래서 나는 군중과 어울리지 않고 좀 고독한

느낌을 가지게 되는 것이다.'

어떤 음악의 한 구절이 그의 머리에 떠올랐다. 그것은 어제 저녁 친구들과 같이 들은 소나타의 몇 음절이었다. 그의 친구들은 이해를 못하였으므로,

"이 예술은 우리도 싫증이 나고 당신도 싫증이 나는 것이지만, 다만 당신은 그걸 자백하지 않을 뿐이오."

하고 말했다.

"그럴지도 모르지……."

하고 그는 대답했다.

오늘밤과 같이 그때에도 자기가 고독하다는 것을 느꼈다. 그러나 이내 이러한 고독이 얼마나 값이 있는가를 깨달았다. 그 음악의 전언은, 범속한 사람들 중에서 홀로 그에게만 아늑한 어떤 비밀을 속삭여 주었던 것이다. 별의 신호도 마찬가지였다. 그것은 그렇게도 많은 어깨를 건너뛰어서, 그만 알아듣는 말을 해 준 것이었다.

보도에서 누군지 그를 떠밀었다. 그는 또 생각하였다.

'나는 골을 내지 않으리라. 나는 군중 가운데를 어슬렁어슬렁 걸어가는 병든 아이의 아버지와 비슷하다. 병든 아이의 아버지는 자기 안에 집안의 침묵을 지니고 있는 것이지.'

그는 사람들을 쳐다보았다. 그는 사람들 속에서 그들의 발명이나 사랑을 간직하고 종종걸음을 치는 이들을 알아보려고 해 보았다. 그리고 등대지기들의 고독한 생활을 생각해 보았다.

사무실의 정적이 그는 좋았다. 그는 이방 저방을 차례로 천

천히 가로질러 다녔다. 그의 발소리만이 고요한 정적 가운데 울렸다. 타이프라이터들은 덮개를 쓰고 자고 있었다. 잘 정돈된 서류를 넣어 둔 책장은 잠겨 있었다. 10년 동안의 경험과 노력, 그는 많은 돈이 들어 있는 은행 지하실을 둘러보는 것 같은 생각이 들었다. 그는 그 장부 하나하나가 금화보다도 더 나은 것, 즉 산 힘을 쌓아올리는 것같이 생각되었다. 산 힘이긴 하지만, 은행의 금화처럼 자고 있는 힘이었다.

어디에선가 그는 오직 한 사람 남아 있는 야근 사무원을 만나게 될 것이다. 생명이 끊어지지 않게 하기 위해서, 의지가 계속되게 하기 위해서, 그리하여 이 비행장에서 저 비행장으로, 툴루즈에서 부에노스아이레스에 이르기까지 잇닿은 사슬이 끊어지지 않게 하기 위해서 어디에선가 한 사람이 일하고 있었다.

'그 사람은 자기가 위대하다는 것을 알지 못한다.'

어디에선가 우편기들이 싸우고 있었다. 야간 비행이 병과 같이 계속되고 있으니 보살펴 주어야만 했다. 가슴과 가슴을 맞대고 어울려서 손과 무릎으로 어둠과 대결하고 있는 저 사람들, 눈에는 보이지 않지만 자꾸 움직이는 물건, 마치 바다에서 기어나오듯 맹목적인 팔 힘 하나로 거기에서 빠져나와야 하는 그 물건밖에는 이제 아무것도 알지 못하는 저 사람들을 그는 도와 주어야 했다. 어떤 때는 얼마나 무서운 고백을 듣게 되던가.

"나는 내 손이라도 보려고 그것을 불빛에 비춰 보았소."

사진사의 그 붉은 현상액 속에는 오직 손등의 보송보송한

털만이 나타나 보였다. 이 세상에 아직 남아 있는 것, 구해야 할 것은 오직 그것뿐이었다.

리비에르는 영업부 사무실의 문을 밀고 들어섰다. 하나밖에 켜 있지 않은 전등이 한 구석에 밝은 점을 만들어 놓았다. 타이프라이터 1대만이 내는 또드락하는 소리가 그 침묵을 방해하지 않고, 그것에 어떤 의미를 실어 주었다. 가끔 전화 벨소리가 울렸다. 그러면 숙직하는 사무원은 일어나서 고집스럽게 자주 되풀이되는, 그 슬피 부르는 소리를 향해서 발길을 옮겼다. 숙직 사무원이 수화기를 집어들면 그 보이지 않는 고민이 가라앉았다. 그것은 어둠침침한 구석에서 이루어지는 하나의 조용한 대화였다. 그러고 나서, 사무원은 담담한 태도로 책상에 돌아왔다. 그의 얼굴은 풀 길 없는 비밀을 간직하고 고독과 졸음에 싸여 있었다. 우편기 2대가 비행중에 있을 때, 바깥 쪽 밤에서 오는, 부르는 소리는 얼마나 많은 위협을 가져오는 것일까? 리비에르는 밤에 램프 밑에 모여 앉은 가족들을 놀라게 하는 전보를, 그리고 거의 영원이라고도 생각할 만한, 몇 초 동안 아버지의 얼굴 속에 비밀리 간직되어 있는 그 불행을 생각해 보았다. 그것은 처음에 부르는 소리라고는 생각지도 못할 만큼 아주 고요하고 힘없는 전파였다. 그리고 매번 그 조용조용한 울림 속에서 자기의 약한 메아리가 들리는 것이었다. 그리고 그럴 때마다 물 속에 들어간 수영장 모양으로 적막으로 인해서 느려진 그 사람의 동작이, 잠수했던 사람이 물 위로 솟아오르는 것처럼, 그늘에서 램프 쪽으로 오는 그 사무원의 동작에 많은 비밀이 간직되어 있는 것같이 생각되었다.

"가만 있게. 내가 받지."

리비에르는 수화기를 집어들고 바깥 세상에서 오는 웅웅 소리를 들었다.

"여긴 리비에르입니다."

조그만 소음이 들리더니, 이어 사람의 목소리가 들려왔다.

"무전국을 대 드리겠습니다."

다시 소음이 들렸다. 교환대에 접속전을 끼우는 소리였다. 그러더니 또 다른 목소리가 새어 나왔다.

"여기는 무전국입니다. 전보를 알려 드리겠습니다."

리비에르는 그것을 받아 쓰며 머리를 끄덕였다.

"네…… 네……."

별일 없었다. 사무에 관한 정규적인 통신이었다.

리오데자네이로에서는 조회를 하는 것이었고, 몬테비데오에서는 날씨 이야기를 했고, 멘도자에서는 재료 이야기를 한 것이었다. 그것은 회사의 낯익은 소리들이었다.

"우편기들은 어떻습니까?"

"천둥이 치기 때문에 비행기의 통신은 들리지 않습니다."

"알았습니다."

여기는 맑게 개인 밤 하늘에 별들이 반짝이고 있었는데, 무전사들은 그 밤 속에서 멀리 있는 뇌우의 입김을 발견하고 있는 것이라고 리비에르는 생각했다.

"그럼, 또 봅시다."

리비에르가 일어서려니까 사무원이 그에게로 왔다.

"영업 서류에 서명을 좀 해 주셨으면……."

"좋소."

리비에르는 그 밤의 무거운 짐을 한몫 나누어 지고 있는 이 사람에 대해서 깊은 우정을 느꼈다.

'전우의 한 사람이다. 그는 아마 오늘의 밤샘이 얼마나 우리 두 사람을 결합시키는지 알지 못할 것이다.'

리비에르는 이런 생각을 했다.

9

서류 한 묶음을 손에 들고 자기 책상에 가려는데 리비에르는 오른편 옆구리에 심한 통증을 느꼈다. 몇 주일째 그를 괴롭혀 오는 그 통증이었다.

'아무래도 재미없는걸…….'

그는 잠시 동안 벽에 기대어 섰다.

'이게 무슨 꼴이람?'

그러고는 안락 의자로 가서 앉았다.

그는 다시 한번 자기가 늙은 사자처럼 결박을 당한 것같이 느껴졌고 그래서 뼈에 사무치는 슬픔이 그를 엄습해 왔다.

'이런 꼴이 되려고 그렇게까지 일을 했단 말인가! 내가 지금 쉰 살이니, 50년 동안 쉬지 않고 일을 하고 나를 도야하고 싸우고 일의 향방을 결정짓고는 했는데, 이제와서 이 통증이 마음을 쓰게 하고 머리를 번거롭게 하고 이 세상에서 가장 중

요한 일인 듯이 생각되게 하다니…… 이게 무슨 꼴이냔 말이야!'

그는 잠시 기다렸다가 땀을 조금 훔쳤다. 그리고 통증이 가시자 일을 시작했다.

그는 천천히 서류를 조사했다.

'부에노스아이레스에서 301호 엔진을 분해할 때 발견한 바에 의하면…… 그러므로 책임자에게 중한 징벌을 가할 것임.'

그는 거기에 서명을 했다.

'플로리아노폴리스 비행장은 명령을 지키지 않으므로…….'

그는 서명했다.

'규율상 이유에 의하여 본 회사는 비행장 주임 리샤르를 전근시킬 것임. 그는…….'

그는 서명했다.

그런 다음 한 번 가라앉기는 했으나 은은히 남아 있어, 인생의 무슨 새로운 의의와 같이 새삼스럽게 그의 주의를 끄는 옆구리의 통증으로 인해서 자기 자신을 생각지 않을 수 없었으므로, 그는 거의 꽤 까다로운 심장을 가지게 되었다고 생각했다.

'나는 공평한가, 불공평한가? 모르겠다. 다만 내가 벌을 주면 사고가 줄어든단 말이야. 책임 있는 것은 사람이 아니다. 책임은 모두 사람을 벌하지 않고서는 도저히 참을 수가 없는 흉물스러운 힘과 같은 것이다. 만약에 내가 아주 공평하게 한다면 야간 비행은 매번 치명적인 모험이 되고 말 것이다.'

그는 이 길을 그렇게도 혹독한 방법으로 개척했다는 생각을 하니, 어느 정도 마음이 서글퍼졌다. 그는 동정심이란 좋은 것이라고 생각했다. 이런 몽상에 잠긴 채 그는 여전히 서류를 뒤적거렸다.

'로블레 씨는 오늘부터 우리 사원이 아님.'

그의 머리에는 이 늙은이의 모습과 오늘 저녁 그와 주고받은 이야기가 떠올랐다.

"본보기요, 본보기. 어떡합니까?"

"그렇지만 지배인님…… 그렇지만 지배인님……, 한 번뿐, 꼭 한 번 뿐입니다. 생각해 보십시오. 저는 일평생을 일해 왔습니다."

"본보기를 보여 줘야 합니다."

"하지만 지배인님! 이것 보십시오, 지배인님!"

그러고는 그 닳아빠진 지갑과 젊은 날의 로블레가 비행기 옆에서 찍은 사진이 실린 헌 신문지를 내밀었다.

리비에르는 늙은이의 손이 그 천진한 명예 위에서 후들후들 떨리는 것을 보았다.

"지배인님, 이건 1910년 일입니다. 제가 여기서 아르헨티나 최초의 비행기를 꾸몄습니다. 1910년서부터 비행기 일을 봐 왔어요. 지배인님, 그러니까 20년이 됩니다! 그런데 어떻게 그런 말씀을 하실 수 있습니까? 젊은 축들이 말입니다, 지배인님. 공장에서 얼마나들 웃겠습니까. 아, 얼마나 웃겠느냐는 말씀입니다!"

"그런 건 난 모릅니다."

"그리고 제 아이놈들은요, 지배인님! 저는 아이놈들이 있단 말입니다!"

"그러기에 인부의 일자리를 주겠노라고 하지 않았소?"

"제 체면은요, 지배인님. 제 체면은 어떻게 되느냔 말씀이에요! 생각해 보십시오. 20년 동안이나 항공에 종사하던 저 같이 늙은 직공이……."

"인부가 되시오."

"싫습니다, 지배인님. 싫습니다. 제 말씀을 좀더 들어 주십시오."

"그만두고 가시오."

리비에르는 생각했다.

'내가 이렇게 무지막지하게 해고시킨 것은 이 늙은이가 아니다. 그에게는 책임이 없을는지 몰라도, 어떻든 이 늙은이를 거쳐서 생긴 그 비행기 고장을 해고시킨 것이다. 왜냐하면 사건들이란 사람이 명령하는 것이요, 명령에 복종하는 것이니, 사람이 그것을 만들어 내는 것이다. 또 사람들이라는 것도 가련한 것인 만큼 그들 역시 만들어지는 것이다. 그리고 고장이 그들을 거쳐서 일어나는 경우에는 그들을 물리치는 것이다.'

리비에르는 이렇게 생각했다.

"제 말씀을 좀더 들어 주십시오!"

그 가엾은 노인은 무슨 말을 하려고 했던가? 자기의 지난날의 기쁨을 빼앗아 가려는 것이란 말을 할 참이었던가? 기체의 강철에 부딪치는 그 연장소리가 그립다고 말하려던 것인가? 자기의 생활에서 크나큰 시적인 인생을 빼앗느냐고 말하려던 것인가? 그리고…… 살아나가야 하지 않겠느냐는 말을 하려던 것인가?

'몸이 나른한걸.'

하고 리비에르는 생각했다. 어루만지듯 그의 몸에 열이 올랐다.

그는 그 서류를 토닥거리며 생각했다.

'그 늙은 동료의 얼굴이 나는 좋았지.'

그러자 그 늙은이의 손이 리비에르의 눈앞에 떠올랐다. 그는 그 손들이 합장을 하려고 움직일 그 힘없는 동작을 생각해 보았다. '좋소, 좋아요. 그대로 남아 일하시오' 라고만 말하면 그만일 것이다. 그러면 리비에르는 그 늙은 손에 내려앉을 넘쳐흐르는 기쁨을 상상해 보았다. 그리고 그 얼굴 말고, 그 직공의 늙은 손이 말했을 그 기쁨이 그에게는 세상에서 가장 아름다운 것으로 생각되었다.

'이 서류를 찢어 버리고 말까?

그리고 그 늙은이가 저녁때 집에 돌아가서 가족에게 뻐기지 않고 자랑할 일…….

"그럼, 그대로 일하게 되는 거유?"

"암! 내가 아르헨티나에서 제일 처음으로 비행기을 꾸몄는데!"

그리고 젊은 축들의 웃음거리가 되지 않아도 좋다는 것, 선배가 다시 회복한 위신 같은 것이 머리에 떠올랐다.

'찢어 버린다?'

전화벨이 울려서 리비에르는 수화기를 들었다.

오랜 시간이 지난 뒤에 바람과 공간이 사람의 목소리에 갖다 주는 그 음향과 그 그윽함. 이윽고 목소리가 들렸다.

"여기는 비행장입니다. 누구십니까?"

"리비에르요."

"지배인님, 650호가 이륙을 대기하고 있습니다."

"응."

"마침내 만반의 준비가 다 되었습니다. 그렇지만 막 출발하려고 할 적에 전기 배선을 뜯어고쳐야만 했습니다. 연결이 시원치 않았었거든요."

"응, 배선은 누가 했소?"

"조사해 보겠습니다. 만일 동의하신다면 처벌을 하려고 합니다. 기내의 전등 고장이 일어나면 큰 일이 생길지도 모르니까요."

"물론이지."

리비에르는 생각했다.

'잘못이란 놈은 어디서 발견이 되든지 뿌리를 뽑지 않으면 전등에 고장이 생기는 법이다. 그 잘못을 만들어 낸 원인을 발견했 때 그것을 놓쳐 버린다는 것은 죄악이다. 그러니 로블레는 역시 내보내야겠다.'

아무것도 눈치채지 못한 사무원은 여전히 타이프라이터를 치고 있었다.

"그건?"

"보름치 회계입니다."

"왜 아직 안됐소?"

"제가……."

"나중에 봅시다."

사건들이 어떻게 해서 이렇게 앞질러만 가는지 이상하다. 처녀림을 뒤흔들어 놓게 하는, 점점 커지며 짓누르는, 큰 사업 주위의 사방에서 솟아나는 것 같은, 숨은 큰 힘이 어떻게 나타나는지 참 이상하단 말이다. 리비에르는 조그마한 담쟁이덩굴이 쓰러뜨리는 그 신전들을 생각했다.

'큰 사업은…….'

그는 안심하기 위해서 또 이렇게도 생각했다.

'이 사람들을 나는 모두 사랑한다. 나는 이 사람들과 더불어 싸우는 것이 아니다. 나는 다만 이 사람들을 거쳐서 나오는 그것과 싸우고 있는 것이다.'

그의 심장이 빠른 속도로 뛰면서 그를 괴롭혔다.

'내가 한 것이 잘한 일인지 나는 모른다. 나는 인생이라든지, 정의라든지, 고뇌가 어떤 가치를 갖고 있는지 정확히 알지 못한다. 나는 한 사람의 기쁨이 얼마만한 값이 있는지도 모른다. 떨리는 손이나 자애심이나 자상함이 얼마만한 값어치가 있는지도 모른다.'

그는 몽상했다.

'인생은 모순덩어리다. 인생이란 그저 힘 닿는 대로 그럭저럭 지내는 것이지……. 그러나 영구히 산다는 것, 창조한다는 것, 자기의 없어질 육신을 무엇과 교환한다는 것은…….'

리비에르는 골똘히 생각했다. 그러고 나서 초인종을 눌렀다.

"유럽 행 우편기의 조종사에게 전화해서 출발하기 전에 나를 보러 오란다고 일러 주게."

그는 생각했다.

'이 우편기가 되돌아와서는 안 된다. 내가 사람들을 격려해 주지 않으면 밤은 언제나 불안할 것이다.'

10

전화로 인해 잠이 깬 조종사의 아내는 남편을 들여다보며 생각했다.

'좀더 주무시게 가만 둬야지.'

그는 남편의 딱 벌어진 드러난 가슴을 넋을 잃고 들여다보며, 훌륭한 배를 연상했다.

그는 어떤 항구 안에서처럼 이 평온한 침대에서 쉬고 있었다. 그의 잠을 아무것도 방해하지 않게 하려고 아내는 손가락으로 이 주름살, 이 그림자, 이 출렁임을 지워서 마치 신의 손가락으로 바다를 가라앉히듯 침대를 가라앉혔다.

그 여자는 일어나 창문을 열고 얼굴에 바람을 쐬었다. 그 방에서는 부에노스아이레스가 내려다보였다. 춤을 추고 있는 옆집에서 몇몇 곡조가 바람에 불려 왔다. 때는 바야흐로 쾌락과 휴식의 시간이었으니까. 이 도시는 병사들을 그 10만의 성

안에 빽빽이 쓸어 넣었다. 모두가 조용하고 무사했다. 그러나 이 여인에게 누가 별안간 '전투 준비!' 하고 소리를 칠 것 같고 그러면 남편만이, 자기의 사람만이 벌떡 일어날 것 같은 생각이 들었다. 그는 아직 쉬고 있었다. 그러나 그의 휴식은 돌격을 기다리는 예비대의 휴식과 같은 것이었다. 이 잠든 도시는 그를 보호하지 못했다. 그가 이 도시의 등불이 던지는 뽀얀 불빛에서 젊은 신처럼 솟아오를 때에는 그것들이 쓸데없는 것으로만 생각될 것이다. 그 여자는 남편의 튼튼한 팔을 바라보았다. 1시간만 있으면 유럽 행 우편기의 운명을 받쳐 들고 마치 한 도시의 운명과도 같은 어떤 위대한 것에 대한 책임을 맡을 그 팔이었다. 그 여자의 마음은 혼란스러워졌다. 이 사람만이 수백만 명의 사람들 중에서 홀로 이 야릇한 희생을 위해 준비되어 있었던 것이다. 그 여자는 그것이 속상했다. 그는 아내의 상냥한 품에서 빠져나갔다. 그 여자가 남편에게 음식을 해 먹이고 그를 보살펴 주고 애무하고 한 것은 자기를 위해서가 아니고, 그를 잡아가려고 하는 이 밤을 위해서였다. 그의 다정한 손은 길든 것에 지나지 않았고, 그 손들이 하는 참된 일은 알 길이 없었다. 그 여자는, 이 남자의 미소와 그가 애인과 같이 마음을 쓰는 걸 알고 있었지만, 폭풍우 속에서 터져 나오는 그의 고상한 분노는 알지 못했다. 그 여자는 음악이다, 사랑이다. 꽃이다 하는 다정한 끈으로 그를 얽어 놓지만 출발할 때마다 이 끈들이 풀어져 떨어지는데도 그는 그것을 괴로워하는 것 같지도 않았다.

남편이 눈을 떴다.

"몇 시야?"

"자정이에요."

"날씨가 어때?"

"모르겠어요."

그는 일어났다. 그는 기지개를 켜며 천천히 창문께로 걸어갔다.

"그렇게 춥지는 않겠군. 바람이 어느 쪽으로 불어?"

"제가 그걸 어떻게 알아요?"

그는 머리를 쑥 내밀었다.

"남풍이군. 아주 좋아. 적어도 브라질까지는 바람을 등지고 가게 되겠군."

그는 달을 쳐다보고는 뿌듯한 느낌이 들었다. 그 다음 그의 눈길은 시가지 위로 내려갔다.

그에게는 이 도시가 아늑하다고도, 밝다고도, 따뜻하다고도 생각되지 않았다. 그에게는 벌써 그 등불들이 희미한 모래알같이 흘러나가는 것으로 보였다.

"무슨 생각을 하세요?"

그는 포르투알레그레 쪽으로 안개가 낄지도 모른다는 생각을 하고 있었다.

'내게는 전략이 있어. 어디로 해서 돌아야 할지를 안단 말이야.'

그는 여전히 상반신을 창 밖으로 내민 채로였다. 그는 벌거벗고 바다에 뛰어들어 가기 전 모습으로 숨을 깊이 들이쉬었다.

"당신은 쓸쓸한 기색조차 없으시군요. 며칠 동안이나 나가 계실 건데도."

일주일 아니면 열흘. 그도 알 수가 없다. 쓸쓸하다니, 천만에, 무엇 때문에 쓸쓸하겠느냔 말이다. 그 평야들, 그 도시들, 그 산들……. 그는 그것들을 정복하려고 아무 매인 데 없이 떠나는 것 같은 느낌이었다. 그는 또 1시간 안으로 부에노스아이레스를 점령했다가 내주어 버릴 것이라는 생각도 했다.

그는 싱긋 웃었다.

'이 도시로부터…… 나는 눈깜짝할 사이에 멀리 떨어질 것이다. 밤에 출발하는 건 멋지단 말이야. 남쪽을 향해서 가솔린 핸들을 잡아당기는데, 10초 후에는 벌써 북쪽을 향해 풍경을 곤두박질시킨다. 시가는 이미 바닷속에 지나지 않는다.'

아내는 남편이 정복하기 위하여 버려야 하는 것들을 생각해 보았다.

"당신은 당신 가정이 좋지 않아요?"

"내 가정이 좋지……."

그러나 그 여자는 남편이 벌써 길을 떠나고 있다는 것을 알았다. 그 딱 벌어진 어깨는 벌써 하늘을 지그시 떠받치고 있었다.

아내는 그에게 하늘을 가리키며,

"날씨가 좋아요. 당신의 길에는 별이 쫙 깔렸어요."

그는 웃었다.

"응."

그 여자는 그의 어깨에 손을 얹었다. 그리고 살결이 따뜻한 것을 느끼고 가슴이 뭉클했다. 그래, 이 육체가 위협을 당하고 있단 말인가?

"당신은 아주 튼튼하세요. 하지만 조심하세요."

"조심하라고? 물론이지……."

그는 또 웃었다.

그는 옷을 입었다. 이 잔치에 가기 위해서 그는 제일 거친 천과 가장 무거운 가죽을 골랐다. 그는 농사꾼 같은 옷차림을 했다. 그가 둔중해 질수록 아내는 홀린 듯 그를 바라보았다. 그 여자는 손수 그 혁대를 졸라매고 장화를 잡아당겨 주고 했다.

"이 장화는 거북한데."

"그럼 이쪽 걸로 하시지요."

"보조 램프를 달아 맬 끈을 찾아다 주오."

그 여자는 남편을 바라보았다. 그 여자는 갑옷에 잘못된 곳이 있으면 손수 고쳤다. 모든 것이 잘 맞았다.

"당신은 참 멋져요."

남편이 머리를 정성들여 빗는 것이 그 여자의 눈에 띄었다.

"별들을 위해서 모양을 내시는 거예요?"

"아니, 나이들었다는 생각이 들지 않게 하려고 그러는 거야."

"저, 샘이 나요."

그는 또 웃고, 아내에게 키스를 하고, 그 두꺼운 옷 위로 꼭 껴안았다. 그러고는 어린 계집애라도 쳐들 듯 그녀를 번쩍 쳐들어 여전히 웃으며 침대에 갖다 뉘었다.

"자오!"

그러고 나와 문을 닫고 거리의 알지 못하는 밤의 무리들 사이로 정복의 첫걸음을 내디뎠다.

그 여자는 누운 채로 있었다. 그 여자는 남편에게 있어서는 바닷속에 지나지 않는, 그 꽃들과 아늑한 방 안을 쓸쓸하게 바라보고 있었다.

11

리비에르가 그를 맞았다.

"자네는 저번 비행 때 잘못을 저질렀지. 기상 통보가 좋았는데, 도중에서 돌아왔으니 말이야. 그냥 지나갈 수도 있었는데 겁이 났었나?"

조종사는 불시에 책망을 당하여 말이 없다. 그는 천천히 양손을 비빈다. 그리고 고개를 쳐들고 리비에르를 똑바로 쳐다보며 대답을 했다.

"네."

리비에르는 겁을 집어 먹었던 이 용감한 젊은이를 마음속으로 동정한다. 조종사는 발뺌을 하려고 해 본다.

"아무것도 보이지 않았습니다. 하지만 조종석 램프가 희미해져서 제 손도 보이지 않게 되었습니다. 저는 비행기 날개라도 보려고 현등을 켰습니다만, 아무것도 보이질 않았습니다. 저는 다시 빠져나오기 힘든 구멍 속 깊이 빠져들어 간 것 같은 생각이 들었습니다. 그때 엔진이 떨리기 시작했습니다."

"아니야."

"아니라니요?"

"아니야. 나중에 시험해 보았는데, 엔진은 아무렇지도 않았네. 하지만 무서울 때는 반드시 엔진이 떨리는 것같이 생각되는 법이지."

"누구라도 겁이 났을 겁니다. 산들이 위에서 저를 둘러싸고 있었으니까요. 상승하려고 하면 세찬 회오리바람이 앞을 가로막고요. 아무것도 보이지 않을 적에…… 회오리바람을 만난다는 것……, 비행기가 올라가기는 고사하고 오히려 100미터나 떨어졌습니다. 저는 자이로스코프도 안 보이고 기압계도 보이지 않았습니다. 저는 엔진의 회전 수가 떨어지고, 뜨거워지고, 오일 파이프의 압력이 떨어지는 것같이 생각되었습니다. 이것이 모두 무슨 병같이 어둠 속에서 일어났단 말씀입니다. 등불이 켜진 도시를 다시 보게 되니까 정말 살 것 같았습니다."

"자네는 상상력이 너무 풍부하네. 자, 가 보게."

조종사는 나갔다.

리비에르는 안락의자에 깊숙이 들어앉아 반백이 된 머리에 손을 가져간다.

'저잔 내 밑에 있는 사람들 중에서 제일 용감한 사람이다. 그날 밤 그가 무사히 돌아올 수 있었던 것은 참으로 훌륭한 일

이었다. 하지만 나는 그 사람을 공포심에서 구해 준 것이다.'

그런 다음 다시 마음이 약해지려고 하자 그는 생각했다.

'사랑을 받으려면 동정만 하면 되는 것이다. 그런데 나는 별로 동정을 하지 않든가, 그것을 밖으로 나타내지 않든가 한다. 그렇기는 하지만, 나도 주위에 사람들의 우정과 온정을 만들었으면 한다. 의사는 그의 직책을 다할 때 그것들을 얻는다. 그런데 나는 사건에 봉사하는 사람이란 말이야. 나는 소용에 닿도록 사람들을 단련시켜야 되는 것이다. 밤에 항공 지도를 펴 놓고 사무실에 앉았노라면, 나는 이 숨은 법칙을 명백히 깨닫는다. 내가 보살피지 않고, 잘 마련된 일들이 그저 제 갈 길을 가게 내버려 두면 그때는 이상하게도 사고가 생긴다. 마치 내 의지 하나로 비행중에 있는 기체가 절단이 나는 것을 막고 폭풍우가 비행중에 있는 우편기를 지연시키는 것을 막기라도 하듯이 말이다. 어떤 때는 내 능력에 스스로 겁이 날 지경이다.'

그는 또 이렇게도 생각한다.

'이건 명백한 일일지도 모른다. 잔디밭을 손질하는 정원사의 끝없는 노력도 마찬가지다. 그 손의 무게 하나로 자꾸만 길러 내는 정원의 처녀림을 땅 속으로 다시금 쫓아 버리는 것이다.'

그는 조종사를 생각한다.

'나는 그를 공포심에서 구해 준다. 나는 그 사람을 책망하는 것이 아니고, 미지의 세계 앞에서 사람들을 무력하게 만드는 그 압력을 그 사람을 통해서 공격하는 것이다. 만약에 내가 그의 말을 듣는다든지, 동정을 한다든지, 그가 치른 모험을 대수롭게 생각한다든지 하면 그는 자기가 신비의 세계에서 돌아온 것같이 생각될 것인데, 실로 사람이 무서워하는 것은 이 신비뿐인 것이다. 사람들이 그 캄캄한 우물 속으로 내려갔다가 올라와서 아무것도 만나지 못하였노라고 말하게 해야 하는 것이다. 저 조종사는 겨우 손이나 비행기 날개밖에 비치지 않는, 그 광부의 조그만 안전등조차 지니지 않고 밤의 가장 그윽한 속까지, 그 겹겹이 싸인 어둠 속으로 내려가서 미지의 세계를 어깨 바람으로 떼밀어야 하는 것이다.'

그러면서도 이 투쟁에 있어서 리비에르와 그 밑에 있는 조종사들은 마음속 깊이 드러나지 않는 우정으로 맺어져 있었다. 그들은 같은 배를 타고 있어, 이겨야겠다는 똑같은 욕망에 불타는 사람들이었다. 그러나 리비에르는 밤을 정복하려고 자기가 치른 다른 싸움들도 생각이 났다.

정부 측에서는 이 암흑의 영토를 탐험하지 않은 가시덤불 덮인 땅처럼 경계했다. 비행기를 시속 200킬로미터로 폭풍우와 안개와, 밤이 몰래 숨겨 가지고 있는 물질적 장애물을 향해서 떠나 보낸다는 건, 군사 비행에서는 맑게 갠 밤에 어떤 비행장을 출발해서 폭격을 하고 같은 비행장으로 돌아오는 것이었다. 거기에 대해서 리비에르는 이런 항변을 했었다.

"기차와 기선에 비해서 낮 동안에 앞섰던 것을, 매일 밤이 되면 잃게 되니까 이건 우리에게는 사활 문제입니다."

리비에르는 손익이니, 보험이니, 여론이니 하는 문제를 시들하게 듣다가 한 마디 쏘았다.

"여론이야…… 이끌어 나가면 되는 거지요!"

그는 생각했다.

'왜 우물쭈물 하느냔 말이야. 그 무엇이, 무엇보다도 중요한 것이 있는데, 살아 있는 것은 살기 위해 모든 것을 뒤집어엎어 버리고, 살기 위해 자기에게 적당한 법률을 만드는 것이다. 그건 어쩔 수 없는 일이다.'

리비에르는 언제 어떻게 영업 항공이 야간 비행에 손을 댈는지는 알지 못했다. 그러나 이 피할 길 없는 문제에 대한 해결책을 준비해야 한다고 생각했다.

그는 초록색 테이블 클로드 앞에서 주먹으로 턱을 괴고 앉아 이상하게도 기운이 솟아나는 듯한 기분으로 여러 가지 반대 의견을 들었던 생각이 났다. 그 반대 의견들이 그에게는 허무한 것으로, 미리부터 생명력에 의해 패배의 선고를 받은 것으로 생각되었다. 그리고 그는 자기 안에 힘이 무겁게 뭉쳐져 있는 것을 느꼈다. 리비에르는 생각했다.

'내 논리는 무게가 있다. 나는 이긴다. 이건 사물의 자연적인 추세다.'

모든 위험을 제기할 수 있는 완전한 해결책을 내놓으라고들 따지면 그는 이렇게 대답했다.

"경험이 법을 만들어 줄 겁니다. 법의 지식이 경험을 앞서는 일은 없습니다."

다년간 분투한 결과 리비에르는 승리를 거두었다. 어떤 사람들은 '그의 신념' 때문이라고 했고, 어떤 사람들은 '곰이 돌진하는 것 같은 그의 끈기와 정력' 때문이라고 했다. 그러나 그의 말을 들으면, 무엇보다도 그저 자기가 좋은 쪽에 가담했기 때문이라는 것이었다.

그러나 처음에는 얼마나 주의를 해야 했는지 모른다. 비행기들은 해뜨기 겨우 1시간 전에나 떠나고, 해 지기 1시간 전엔 반드시 착륙했다. 리비에르는 자기 경험으로 자신감이 더 생겼을 적에야 비로소 깊은 밤을 향하여 감히 우편기를 떠나보낼 생각을 했던 것이다. 지금 그는 별로 찬성을 받지 못하고 거의 비난을 받다시피하며 홀로 투쟁을 계속하고 있는 것이다.

리비에르는 비행중에 있는 비행기들의 최후의 보고를 알려고 초인종을 누른다.

12

그동안 파타고니아 선 우편기는 뇌우에 접근하고 있었다. 파비앵은 그것을 우회하기를 단념했다. 번갯불 줄기가 그 지방 안쪽으로 깊숙이 뻗쳐 들어가면 두꺼운 구름 요새를 비추는 것을 보고, 폭풍우의 범위가 너무도 넓다고 생각된 것이다. 그는 뇌우 밑으로 빠져나가 보다가 일이 글러지면 되돌아갈 작정이었다.

그는 비행기의 고도를 보았다. 1,700미터. 그는 고도를 낮추려고 핸들을 잡은 양 손바닥에 힘을 주었다. 엔진이 부르르 떨며 비행기가 흔들렸다. 파비앵은 대중하여 하강각도를 고쳤다. 그리고 지도 위에서 산 높이를 조사해 보니, 500미터였다. 그는 여유를 두기 위해서 700미터의 고도로 비행하리라 생각했다.

그는 전 재산을 걸 듯이 고도를 희생시켰다.

회오리바람에 말려 내려가며 비행기는 더욱 심하게 흔들렸다. 파비앵은 눈에 보이지 않는 사태에 위협을 당하는 것 같은 느낌이 들었다.

그는 자기가 뒤로 돌아가서 무수한 별들을 다시 만나는 것 같은 공상이 들었으나 각도를 조금도 돌리지 않았다.

파비앵은 자기의 운을 계산했다. 이것은 아마 지방적인 뇌우일 것이다. 왜냐하면 다음 기항지인 트렐레우에서도 하늘의 4분의 3가량이 흐리다고 통보해 왔으니 말이다. 기껏해야 20분 동안만 이 시커먼 콘크리트 속에서 배겨 내면 되는 것이다. 그러면서도 조종사는 불안했다.

바람의 압력에 기대듯 왼편으로 몸을 기울이고 그는 더할 수 없이 컴컴한 밤중에도 희미하게 흐르는 빛이 무엇인가를 알아보려 했다. 그러나 그것은 이미 빛이 아니었다. 고작해야 컴컴한 어둠 속에서 일어나는 밀도의 변화가 아니면 눈의 피로에서 오는 것이었다.

그는 무전사가 건네 주는 종이쪽지를 펼쳤다.

'우리는 지금 어디를 비행하고 있습니까?'

파비앵도 그것이 무척 알고 싶었다.

"모르겠소. 우리는 나침반을 가지고 뇌우 속을 가로지르고 있는 중이오."

그는 다시 상체를 기울였다. 그는 배기관으로 내뿜는 불꽃에 가려 앞이 보이지 않았다. 그 불꽃은 불의 꽃다발 모양으로 엔진에 붙어 다니는 지극히 희미한 것이어서 달빛만 있어도 보이지 않을 정도였지만, 이 깜깜 절벽 안에선 안계(眼界)

를 모두 집어삼키는 것이었다. 그는 불꽃을 바라보았다. 그것은 관솔불처럼 곧추 서서 바람에 펄럭이고 있었다.

30초마다 파비앵은 자이로스코프와 컴퍼스를 들여다보려고 조종석 밑으로 머리를 디밀었다. 그는 이미 오랫동안 눈부시게 만드는 약한 붉은 램프를 켤 생각조차 못했다. 다행히도 라듐으로 숫자가 표시된 기계들은 모두 별과 같은 창백한 빛을 내고 있었다.

거기 지침과 숫자 한가운데에 앉아서 조종사는 허망한 안전감을 맛보고 있었다. 물결 밑에 가라앉은 배의, 선실 안의 안전감 같은 것이었다. 밤과 밤이 운반해 오는 바위와 표류물과 산 같은 것들이 모두 하나 같이 무서운 운명을 품고 비행기를 향해 흘러오고 있었다.

"우리는 지금 어디를 비행하고 있습니까?"
하고 무전사가 재차 물었다.

파비앵은 다시 목을 길게 빼고 왼쪽으로 몸을 굽혀 무서운 망을 또 보기 시작했다. 그는 얼마만한 시간과 얼마만한 노력이 들어야 그 어둠의 결박에서 해방이 될 것인지 알 수가 없었다. 그는 거의 언제까지고 거기에서 놓여 나지 못할 것 같은 생각이 들었다. 왜냐하면 자기의 희망을 북돋아 주기 위해서 수없이 펴서는 읽고 되읽고 한 그 더럽고 구겨진 종이 조각에다가 자기의 생명을 걸고 있었으니까 말이다. '트렐레우, 하늘은 4분의 3이 흐리고 바람은 약한 서풍'이라고 쓴 종이 조각이었다.

'트렐레우가 4분의 3만 흐렸다면 구름 틈새기로 그 등불들

이 보일 텐데…….'

저 멀리 보이는 언약된 엷은 빛을 보고 그는 비행을 계속했다. 그러나 의심이 덜컥 났기 때문에 '빠져나갈 수가 있을는지 모르겠소. 후방은 여전히 날씨가 좋은지 알아 봐 주시오' 라고 끄적거려서 무전사에게 주었다.

그 대답을 듣고 그는 천만 낙심했다.

"코모도로에서, '이곳으로 돌아올 수 없음. 폭풍우' 라고 통보해 왔습니다."

그는 예사롭지 않은 폭풍우의 공세가 안데스 산맥에서 바다 쪽으로 덮쳐내려가는 것임을 짐작하기 시작하였다. 그는 도시들에 닿기 전에 태풍이 먼저 그 도시들을 휩쓸어 버릴 것이라는 생각이 들었다.

"산 안토니오의 일기를 물어 보시오."

"산 안토니오에선 '서풍이 불기 시작하는데, 서쪽에는 폭풍우가 있음. 하늘은 4분의 4가 흐렸음' 하는 회답이 왔습니다. 공전 때문에 산 안토니오 무전국에서는 제 소리가 도무지 잘 안 들린답니다. 저도 잘 안 들립니다. 공전 때문에 오래지 않아 안테나를 걷어 올려야 할 것 같습니다. 되돌아가시렵니까? 어떡하실 예정이십니까?"

"닥쳐요. 바이아블랑카의 일기를 물어보시오."

"바이아블랑카에서는 '20분 안으로 서쪽에서 심한 뇌우가 바이아블랑카로 덮쳐올 것이 예상됨' 이라는 회답입니다."

"트렐레우의 일기를 알아 보시오."

"트렐레우에서는 '초속 30미터의 대폭풍이 서쪽에서 불어

오고 폭우가 내림' 이라고 대답해 왔습니다."

"부에노스아이레스에 보고하시오. '사방이 꽉 막혔음. 1,000킬로미터에 걸쳐 폭풍우가 발생하여 아무것도 보이지 않음. 어떻게 할 것인가?' 라고 말이오."

조종사를 항구로 이끌어 가지도 않고 항구라는 항구는 모두 손이 닿지 않을 것같이 생각되었다. 휘발유가 1시간 40분만 있으면 떨어질 것이니 새벽까지 견디지도 못할 것인 만큼 이 밤이 그에게는 끝간 데도 없는 것이었다. 왜냐하면 조만간 이 깊은 암흑 속으로 눈 딱 감고 빠져들어 가지 않을 수 없을 테니 말이다.

'날 샐 때까지 버틸 수만 있다면…….'

파비앵은 새벽을, 마치 이 어려운 밤을 지낸 다음에 밀려올라갈 황금빛 모래가 깔린 해변인 듯 생각했다. 위협을 당하고 있는 비행기 밑에 평야의 해변이 나타나리라. 평온한 대지는 잠자는 농가와 가축 떼와 야산들을 고이 떠받치고 있겠지. 어둠 속에서 굴러다니던 표류물들은 모두 무해하게 되겠지. 그는 할 수만 있다면 새벽을 향해서 헤엄이라도 쳐 나가고 싶었다.

그는 자기가 포위를 당했다고 생각했다. 어쨌든 만사가 그 깊은 어둠 속에서 해결될 것이었다.

그것은 사실이다. 그는 어떤 때, 해가 뜨는 것을 보고 건강이 회복기에 들어서는 것같이 생각한 일이 있었다.

그러나 해가 살고 있는 동쪽을 뚫어져라 바라본들 무슨 소용이 있겠는가? 그와 해 사이에는 헤쳐나올 수 없을 만큼 깊은 밤이 가로놓여 있었으니 말이다.

13

"아순시온 선 우편기는 무사히 진행 중이오. 2시쯤 도착할 테지. 그런데 지금 난항중인 듯한 파타고니아 선 비행기는 상당히 지연될 것으로 예상되네."

"알았습니다, 리비에르 씨."

"파타고니아 선 비행기가 도착하기 전에 유럽 행 비행기를 이륙시킬지도 모르겠네. 아순시온 비행기가 도착하는 대로 지시를 청하게. 만반의 준비를 해 놓고 있게."

리비에르는 지금 북쪽의 기항 비행장들에서 온 전보를 읽고 있었다. 그 전보들은 유럽 행 우편기를 위해서 달이 비치는 길을 열어 놓았다. '쾌청, 만월, 무풍'이라고.

브라질의 산들이 밝은 하늘에 뚜렷이 솟아올라 바다의 은빛 파도 위에 그 검은 밀림의 숱한 머리칼을 똑바로 담그고 있었다. 달빛이 싫증도 내지 않고 내리지르건만 빛깔이 보이지 않는 그 밀림들, 그리고 바다 위에 떠 있는 섬들은 표류물들같이 검었다. 그리고 전 항공로 위에는 빛의 샘이라고 할 만한 달이 비치고 있었다.

리비에르가 출발 명령을 내리면 유럽 행 우편기의 탑승원은 온 밤을 고요히 비추어 줄 안정된 세계로 들어갈 것이었다. 그림자와 빛의 덩어리의 균형을 위협하는 것이 하나도 없는 세계, 깨끗한 바람에 보드라운 촉감조차 스며들지 않는 세계, 선선해지면 몇 시간 동안에 온 하늘을 망쳐 놓을 수도 있는 그 바람조차 없는 세계로 들어갈 것이었다.

그러나 리비에르는 이 광휘 앞에서 마치 채굴이 금지된 금광 앞에선 탐광기처럼 망설였다. 남쪽에서 일어나는 사건들은 야간 비행의 유일한 지지자인 리비에르에게는 불리한 것이었다. 그의 반대론자들은 파타고니아에서 일어난 참사로 말미암아 정신적으로 대단히 유리한 입장에 서게 되었기 때문에, 어쩌면 리비에르의 신념이 이제는 무능하게 될지도 모를 일이다. 왜냐하면 리비에르의 신념만큼은 확고 부동이었으므로 자기 사업에 빈틈이 하나 있어 참극이 일어나는 것을 막지는 못했지만, 다만 그 참극은 빈틈을 하나 보여 주었을 뿐 그 밖에 아무것도 증명하는 것이 아니었다.

'어쩌면 서부 지방에다 기상 관측소를 세울 필요가 있는지도 모르겠다……. 생각해 봐야겠다.'

그는 또 이런 생각도 했다.

'내게는 야간 비행을 주장하는 확고한 이유가 그대로 남아 있고 거기에다가 사고를 일으킬 수 있는 원인은 하나 줄었다.

즉, 이번에 드러난 그 원인 말이다.'

실패는 강한 자들을 더 강하게 만든다. 그런데 불행히도 종사원들에 대해서는 도박을 하는 셈인데, 그 도박에서는 사물의 참된 뜻이 별로 고려되지 않는다. 따고 잃는 것은 밖에 드러나는 것뿐으로, 따거나 잃거나 실제에 있어서는 아주 보잘것 없는 것이다. 그런데 이렇게 피상적인 실패로 인해서 사람은 꽁꽁 결박이 되는 것이다.

리비에르는 초인종을 눌렀다.

"바이아블랑카에서는 여전히 아무 입전(入電)도 없나?"

"없습니다."

"그 비행장을 전화로 불러 주게."

5분 후에 그는 소식을 묻고 있었다.

"왜 아무 통보도 안 보냅니까?"

"우편기의 발신을 들을 수가 없습니다."

"아주 침묵해 버렸습니까?"

"모르겠습니다. 뇌우가 너무 심해서요. 비행기에서 발신을 하더라도 들리지는 않을 겁니다."

"트렐레우에서는 들린답니까?"

"우리는 트렐레우도 들리지 않습니다."

"전화해 보시오."

"해 보았습니다만, 선이 끊어졌습니다."

"거기는 일기가 어떻습니까?"

"잔뜩 찌푸렸습니다. 서쪽과 남쪽에서는 번개질을 합니다.

몹시 악천후입니다."

"바람은요?"

"아직은 약합니다만, 그것도 한 10분 동안뿐일 겁니다. 번개가 빨리 가까워집니다."

잠시 동안의 침묵.

"바이아블랑카요? 듣고 있습니까? 듣고 있습니까? 좋습니다. 10분 후에 다시 불러 주시오."

그리고 리비에르는 남쪽 기항지 비행장 여러 군데에서 온 전보를 뒤적거렸다. 어느 비행장이나 모두 우편기의 침묵을 알리는 것이었다.

어떤 비행장에서는 이미 부에노스아이레스에 응답조차 하지 않았다.

그리고 지도 위에는 침묵을 지키는 지방의 얼룩이 커져 갔다. 이들 지방의 소도시들은 벌써 태풍의 습격을 받아 문이란 문은 모두 닫았고, 불기 없는 거리 거리의 집들은 바다에 홀로 떠 있는 배나 다름없이 나머지 세상과 인연이 끊긴 채 밤 가운데서 방황하고 있었다. 오직 새벽만이 저들을 구해 낼 것이다.

그런데도 리비에르는 지도를 들여다보며 아직도 맑은 하늘의 대피소를 발견할 희망을 놓지 않았다. 그도 그럴 것이 서른 군데나 넘는 지방의 경찰에 기상 상태를 묻는 전보를 쳐두었는데, 그 회답이 그에게 도착하기 시작한 것이었다. 1,000킬로미터에 걸쳐 모든 전화국들은 어떤 전화국이든지 비행기에서 부르는 소리를 붙잡으면 30초 안으로 부에노스아이레스에 알리라는 지시를 받았다. 그리고 부에노스아이레스 무전국에서는 그에게 대피소의 위치를 알려서 그것을 파비앵에게 전달하기로 되어 있었다.

사무원들은 새벽 1시에 대어 오도록 소집되어 각기 사무실로 돌아왔다. 그들은 거기에서 소곤소곤, 야간 비행을 중지할지도 모른다는 이야기며, 유럽 행 우편기까지도 해 있을 때나 이륙하게 될지도 모른다는 이야기들을 들었다. 그들은 소곤소곤, 파비앵에 대한 이야기며 태풍에 대한 이야기며 특히 리비에르에 대한 이야기를 주고받곤 했다. 그들은 리비에르가 바로 이 자연의 거부로 납작하게 되어 있는 것을 눈치챘다.

그러나 모든 목소리가 사라졌다. 리비에르가 외투를 입고 여전히 모자를 깊숙이 내려 쓰고 영원한 길손 같은 차림으로 자신의 방 문 앞에 나타났기 때문이었다. 그는 과장 쪽으로 조용히 한 걸음 다가섰다.

"지금 1시 10분인데, 유럽 행 우편기의 서류는 다 되어 있소?"

"저…… 저는 떠나지 않을 걸로 생각하고서……."

그는 뒷짐을 지고 천천히 열린 창문 쪽으로 돌아섰다.

사무원 한 사람이 그에게 가까이 다가갔다.

"지배인님, 우리는 회답을 별로 받지 못할 것입니다. 내륙 지방에서는 벌써 여러 군데 전화선이 끊어졌다는 통보가 왔습니다."

"좋소."

리비에르는 꼼짝도 하지 않고 밤하늘을 올려다보았다.

이와 같이 보고 하나하나가 모두 파비앵의 우편기를 위협하는 것이었다. 각 도시가 전화선이 절단되기 전에 회답할 수 있는 한 외적의 침입이 전진하는 것을 알리듯 태풍의 진행을 알렸다.

'그것은 내륙 지방, 안데스 산맥에서 와서 모든 통로를 휩쓸며 바다쪽으로 향하여 감…….'

리비에르는 별이 너무 반짝이고 공기가 너무 습하다고 생각했다. 얼마나 이상한 밤이란 말인가! 그것은 무슨 빛나는 과육(果肉)처럼 갑자기 군데군데 썩어들어 갔다.

부에노스아이레스의 하늘에는 별들이 아직 하나도 빠지지 않고 반짝이고 있었다.

그러나 그것은 오아시스에 지나지 않았고, 그것도 잠시 동안의 오아시스에 불과했다. 그뿐 아니라, 그 오아시스는 비행기 탑승원들의 행동권 밖에 있는 항구였다. 그것은 못된 바람이 건드려서 썩는 불길한 밤, 정복하기 어려운 밤이었다.

한 비행기가 어디선가 그 깊은 어둠 속에서 위험을 당하고 있었다. 지상에서는 사람이 아무런 소용도 없는 발버둥을 치고 있고.

14

파비앵의 아내가 전화를 걸었다. 남편이 돌아오는 밤마다 그 여자는 파타고니아 선 비행기의 진행 상태를 헤아리는 것이었다.

'그이는 지금 트렐레우에서 이륙할 거다.'

그러고는 다시 잠이 든다. 조금 있다가는,

'지금 그이는 산 안토니오에 다가오고 있을 것이다. 그 도시의 등불들이 보일 테지.'

그러고는 일어나서 커튼을 젖히고 하늘을 판단한다.

'저놈의 구름이 모두 그이를 방해하겠구나…….'

어떤 때는 달이 목동 모양으로 거닐었다. 그러면 이 젊은 여인은 그 달과 별들, 자기 남편의 둘레에 있는 그 수천 수만의 실재들로 인해서 안심이 되어 다시 잠자리에 든다. 1시쯤 되면 그 여자는 남편이 가까이 있는 것처럼 느껴진다.

'그이는 그다지 멀리 떨어진 데 있지 않을 것이다. 거기서는 부에노스아이레스가 보일 것이다.'

그러면 그 여자는 또 일어나서 남편의 식사를 준비한다. 따끈따끈한 커피를…….

'하늘에서는 몹시 추우니까…….'

그 여자는 언제나 남편이 눈 덮인 산꼭대기에서 내려오기나 하는 것처럼 그를 맞아들인다.

"춥지 않으세요?"

"춥기는!"

"그래도 몸을 좀 푸세요."

1시 15분쯤 되면 모든 준비가 이루어진다. 그러면 그 여자는 전화를 건다.

오늘밤도 다른 날 밤이나 마찬가지로 그 여자는 소식을 물었다.

"파비앵이 착륙했습니까?"

전화를 받던 사무원은 약간 당황했다.

"누구십니까?"

"시몬 파비앵이에요."

"아, 그러십니까? 잠깐 기다리십시오."

사무원은 아무 말도 할 수 없어 수화기를 과장에게 주었다.

"누구시지요?"

"시몬 파비앵인데요."

"아, 그러십니까? 무슨 일이십니까, 부인?"

"제 남편이 착륙했습니까?"

잠시 동안 대답이 없다. 아마 그 여자는 이상하게 여겼을 것이다. 그런 다음 그저 '안했습니다' 하는 대답이 있을 뿐이었다.

"늦어지는 건가요?"

"네……."

다시 말이 없다가 말을 잇는다.

"네…… 연착입니다."

"아!"

이 '아!' 소리는 상처를 입은 육체의 부르짖음 같은 것이었다. 연착은 아무것도 아니다. 아무것도 아니야. 그러나 그것이 오래 끌게 될 때에는…….

"아! 그래요? 그럼 몇 시에나 여기 도착할까요?"

"몇 시에나 도착하겠느냐구요? 그건 우리도 모르는데요."

그 여자는 이제 벽에다 대고 말하는 것이나 다름없었다. 그 여자는 자기 물음이 메아리가 되어 돌아오는 것밖에는 듣지 못하는 것이었다.

"제발, 대답 좀 해 주세요! 제 남편이 지금 어디 있습니까?"

"어디에 있느냐구요? 기다리십시오."

이 무기력이 그 여자의 마음에 걸렸다. 저기 저 벽 뒤에서 무슨 일이 일어나고 있는 것이 분명했다.

이윽고 대답을 하기로 한 모양이었다.

"코모도로에서 7시 반에 이륙했습니다."

"그 다음에는요?"

"그 다음에는요, 대단히 늦어져서…… 악천후로 대단히 늦어져서요……."

"아! 일기가 나쁘군요."

부에노스아이레스 상공에 한가로이 걸려 있는 저 달은 얼마나 불공평하고 얼마나 거짓말쟁이란 말인가! 젊은 아내는 문득 코모도로에서 트렐레우까지는 겨우 2시간밖에 걸리지 않는다는 것이 생각났다.

"그래 벌써 6시간째나 그이는 트렐레우를 향해서 비행하고 있어요! 그렇지만 통신은 보내오지요? 뭐라고 그럽니까?"

"뭐라고 해 오느냐구요? 물론 일기가 이렇게 나쁘고 보면…… 그 뭐…… 통신이 들려야 말이죠."

"일기가 그렇게 나쁘다구요?"

"그럼, 무슨 일이 있으면 곧 알려 드리기로 하겠습니다."

"아니, 그럼 아무것도 모르시는군요."

"그럼 안녕히 계십시오."

"아니, 잠깐만! 지배인께 좀 말씀을 드리고 싶어요!"

"지배인님은 대단히 바쁘신데요. 지금 회의중이어서요."

"괜찮아요! 그런 건 아무래도 괜찮아요! 지배인에게 말씀드리겠어요!"

과장은 땀을 씻었다.

"잠깐만 기다리십시오."

그는 리비에르의 방문을 밀고 들어갔다.

"파비앵 부인이 말씀을 드리고 싶답니다."

리비에르는 생각했다.

'내가 염려하던 게 바로 이거란 말이야.'

이 비극의 감정적인 소재가 눈 앞에 나타나기 시작한 것이었다. 처음에 그는 그것을 거부할까 하고 생각했다. 어머니와 아내는 수술실에 들어가지 않는 법이다. 감동은 사람들을 구조하는 데 도움이 되지 않는 것이다. 그렇지만 그는 전화를 받기로 했다.

"내 방으로 돌려 주게."

그는 멀리서, 떨리는 작은 목소리가 들려오는 것을 듣고 이내 그 목소리에 대답할 수가 없으리라는 것을 깨달았다. 아웅다웅해 보았자 두 사람에게 있어서는 손톱만큼도 효과가 없는 노릇이라고 생각했다.

"부인, 제발 진정하십시오! 저희들이 하는 일에 오랫동안 소식을 기다린다는 건 아주 흔한 일입니다."

그는 지금 단지 개인적인 자질구레한 비탄의 문제가 아니라 사업 자체에 대한 문제가 놓여 있는 분기점에 다달아 있는 것이었다. 그의 앞을 막아선 것은 파비앵의 아내가 아니고 인생의 다른 일면이었다.

리비에르는 작은 목소리, 그 지극히 슬픈 노래를 듣지 않을 수가 없었고, 그것을 동정하지 않을 수 없었다. 그러나 그것에 대해서 적의를 가진 채였다. 사업과 개인의 행복은 양립할 수 없고, 서로 대립되고 있는 것이다. 이 여인도 한 절대적인 세계와 그 의무, 그 권리의 이름으로 말하는 것이었다. 저녁 식탁에 놓인 램프의 밝은 빛의 세계, 자기의 육체를 요구하는 육체, 희망의 고향, 애정, 추억 세계의 이름으로 말이다. 그 여자는 자기의 권리를 주장하는 것이었는데, 그것은 당연한 일이었다. 그리고 리비에르 자신도 옳았다. 그러나 그는 이 여인의 진실에 대해서 내세울 것이 아무것도 없었다. 그는 형언할 수 없고 인간적이 아닌, 한 조촐한 가정의 램프 빛으로 자기 자신의 진실을 발견했다.

"부인……."

그 여자는 이미 듣고 있지 않았다. 그 약하디 약한 주먹이 벽을 두드리는 데에 배겨 내지 못하고, 그 여자가 자기 발밑에라도 와서 탁 쓰러진 것같이 리비에르는 생각되었다.

건조중에 있는 다리 옆에서, 어느 날 리비에르와 함께 부상자를 들여다보던 기사가 그에게 이런 말을 한 일이 있었다.

"이 다리가 으깨진 사람의 얼굴만한 값어치가 나갑니까?"

이 다리를 이용하는 농부들 중에 한 사람도, 그 다음 다리로 돌아가는 수고를 덜기 위해서, 이 으깨져서 무서운 얼굴을 병신을 만들어도 좋다고 할 사람은 없었을 것이다. 그렇기는 하지만 사람들은 다리를 놓았다. 기사는 덧붙여 말했었다.

"공익이란 사익이 모여서 이루어지는 것이고, 그 외에는 아무것도 아닙니다."

나중에 리비에르는 기사에게 이렇게 대답했다.

"사람의 생명은 값으로 따질 수는 없다 해도, 우리는 언제나 무엇인가 인간의 생명보다 더 값나가는 것이 있는 것처럼 행동합니다. 그러나 그게 무엇이겠습니까?"

이제 리비에르는 그 비행기의 탑승원들을 생각하니 가슴이 빼근해 왔다. 행동, 다리를 놓은 행동조차 행복을 깨 버린다. 리비에르는 자신이 '무엇의 이름으로' 행동하는지를 자문하지 않을 수가 없었다.

그는 생각했다.

'어쩌면 죽어 버릴지도 모르는 저 사람들이 행복하게 살았을 수도 있었을 터인데.'

그의 눈에는 저녁때 램프의 황금빛 성전 안에 머리를 수그린 얼굴들이 어른거렸다. 무엇의 이름으로 나는 그들을 거기에서 끌어냈는가? 무엇의 이름으로 나는 그들을 그 개인적인 행복 안에서 잡아 빼왔는가? 제일 중요한 법이란 이 행복들을 보호하는 것이 아닌가? 그러나 자기 자신도 그것을 깨뜨리고 있는 것이다. 그렇지만 그 행복의 성전은 어느 날이고 반드시 신기루처럼 사라질 것이다. 늙음과 죽음은 리비에르 자신보다도 더 무자비하게 그것을 깨 버린다. 어쩌면 그것보다 다른 무엇 그리고 그것보다는 더 영속적인, 구해내야 할 무엇이 있을지도 모른다. 리비에르는 아마 인간의 그 몫을 구해내기 위해서 일하는지도 모른다. 그렇지 않다면 그의 행동은 존재 이유가 없어지고 말 것이다.

'사랑하는 것, 그저 사랑하기만 한다는 것은 막다른 골목이 아니고 무엇이겠는가!'

리비에르는 사랑한다는 의무보다 더 큰 의무가 있음을 막연하게 깨닫고 있었다. 혹은 그것도 무슨 애정일 수 있지만 그러나 다른 애정들과는 아주 판이한 것이었다. 그는 어떤 구절이 생각났다. '그것들을 영구하게 만드는 것이 문제다…….' 그는 어디서 이 구절을 읽었던가? '그대가 그대 안에서 추구하는 것은 죽어 없어진다' 그의 눈에는 페루의, 고대의 잉카 족이 태양신을 경배하던 신전의 모습이 떠올랐다. 산 위에 꼿꼿하게 세워진 그 돌기둥들, 그 돌기둥들이 없었다면 지금 인류에게 양심의 가책처럼 무겁게 내리눌리는 위대한 문명에서 무엇이 남아 있겠는가?

'어떠한 냉혹 또는 어떤 괴상한 사람의 이름으로, 고대 민족들의 지도자가 산 위에 그 신전을 쌓아올리도록 군중들을 강제하여 그들의 영원을 세워 놓게 만들었을까?'

리비에르는 또 그들의 음악당 둘레를 돌아다니는 조그마한 도시의 군중들을 그려 보았다.

'그런 행복과 그런 치장은…….'

하고 그는 생각했다. 고대 민중의 지도자는 혹 인간의 고통을 애처롭게 생각하지 않았다 하더라도 인간이 죽어 없어짐을 애처롭게 생각했을 것이다. 개인의 죽음이 아니라, 모래 바닥에 파묻혀 버릴 인류의 죽음을 말이다. 그래서 그는 사막이 파묻어 버리지 못할 돌기둥이나마 세우라고 자기 백성을 이끌고 갔던 것이다.

15

4번 접은 이 종이쪽지가 그를 구해 줄지도 모른다. 파비앵은 이를 악물고 그것을 폈다.

'부에노스아이레스와는 통신이 불가능합니다. 손가락에 감전이 되어서 무전기를 조작하지도 못하게 됐습니다.'

파비앵은 약이 올라서 회답을 쓰려고 했다. 그러나 글을 쓰려고 조종 장치에서 손을 떼자 강한 파도 같은 것이 그의 몸을 엄습했다. 5톤이나 되는 금속 안에 있는데도 돌풍은 그를 번쩍 들어올리고 재주 넘기를 시키는 것이었다. 그는 회답 쓰는 것을 단념했다.

그의 손은 다시 파도를 움켜쥐고 그것을 제압했다.

파비앵은 숨을 깊숙이 들이쉬었다. 무전사가 뇌우 때문에 겁을 집어먹고 안테나를 걷어올리기라도 하면 도착해서 그의 얼굴을 짓이겨 놓으리라 생각했다. 마치 1,500킬로미터 이상이나 떨어진 곳에서, 이 어둠의 심연 속에 빠진 그들에게 구원의 밧줄을 던져 줄 수가 있기라도 한 것처럼, 어떻게 해서라도 부에노스아이레스와는 연락을 취해야 한다고 생각했였다. 그에게는 별로 소용도 없겠지만, 그래도 등대불과 같이 땅이 있다는 것을 증명해 줄 가물가물한 불빛 하나, 또한 주막집 등불 하나 보이지 않는다 하여도, 적어도 목소리 한 마디, 이미 잃어 버린 지구에서 오는 목소리 한 마디만이라도 그는 듣고 싶었다. 조종사는 이 비극적인 진실을 뒤편에 있는 무전사에게 알릴 생각으로 붉은 램프에다 대고 주먹을 들어 흔들어 보였다. 그러나 무전사는 도시들이 파묻혀 버리고 등불들이 꺼져 버린 황량한 공간을 내려다보느라고 그것을 알지 못했다.

파비앵은 충고가 들려오기만 한다면 무슨 충고든지 전부 좇았을 것이다. 그는 생각하였다.

'누가 나더러 빙빙 돌라고 하면…… 나는 빙빙 돌겠다. 정남향으로 나아가라고 하면…….'

달 그림자가 커다랗게 비친 아늑하고 평화스러운 대지가 어디엔가 있기는 있을 것이다. 학자들같이 박식한 저 세상에 있는 동료들은 그 대지를 잘 알고 있었다. 꽃과 같이 아름다운 등불 밑에서 지도나 들여다보는 그 무한히 권능 있는 그 동료들은 말이다. 그런데, 그는 자기를 향하여 사태가 밀려 내려오듯 빠른 속도로 그 시커먼 탁류를 밀어붙이는 돌풍과 밤을 빼놓고는 무엇을 안단 말인가? 사람 둘을 구름 속의 이 물기둥, 이 불꽃 가운데 내버려 둘 수 있단 말인가? 그럴 수는 없는 것이다. 누가 파비앵 씨에게 '기수를 240도 방향으로……' 하고 명령한다면, 그는 기수를 240도 방향으로 돌릴 것이다. 그러나 그는 혼자 뿐이었다.

그는 물질까지도 반항하는 것같이 생각되었다. 비행기가 밑으로 빠져들어 갈 때마다 엔진이 어떻게나 진동이 심한지 비행기 전체가 성이 난 것처럼 부들부들 떨었다.

파비앵은 조종석 속으로 머리를 틀어박고 자이로스코프의 수평을 들여다보며 비행기를 제어하기에 전력을 다했다. 왜냐하면 천지 개벽 때의 암흑과 같이 모든 것이 뒤범벅이 된 어둠속에 빠져들어 가, 밖을 내다보아도 하늘 덩어리와 땅 덩어리를 구별할 수 없게 되었기 때문이다. 그러나 위치를 가리키는 계기의 지침들이 점점 더 빨리 왔다갔다해서 숫자를 붙잡기가 힘들었다. 벌써 그 지침들한테 속아 떨어져서 조종사는 악전 고투를 하면 고도를 잃고, 차츰차츰 그 어둠 속으로 파묻혀 들어갔다. 그는 고도계의 숫자를 읽었다. 500미터였다. 그것은 야산과 가지런한 높이였다. 그는 그 산들이 눈이 핑핑 돌 것 같은 파도를, 그를 향해서 밀어붙이는 것같이 느껴졌다. 그는 또 그 제일 작은 덩어리 하나만 있어도 그를 으깨 놓을 수 있을 지상의 모든 산이, 그 받침대에서 떨어지듯 볼트에서 너트가 빠져 나와, 취한 듯이 자기 주위를 돌아다니기 시작하는 것같이 느껴졌다. 그 산들은 그를 둘러싸고 무엇인지 알 수 없는 춤을 추면서 바싹바싹 죄어들기 시작하는 것이었다.

파비앵은 최후의 결심을 했다. 충돌할 땐 하더라고 어디에

든지 착륙하리라고 결심했다. 그래서 산만이라도 피할 생각으로 하나밖에 없는 조명탄을 던졌다. 조명탄은 발화하여 빙빙 돌며 평야를 비춰 주고는 꺼졌다. 그것은 바다였다.

그는 재빠르게 생각했다.

'다 틀려 먹었구나! 40도나 오차를 고쳐 놓았는데, 편류하고 말았다. 이건 대선풍이다. 육지는 어디 있단 말인가?'

그는 정서(正西)로 방향을 바꾸었다. 그는 생각했다.

'이제는 조명탄도 없으니 죽는 수밖에.'

언제고 한 번은 이런 일이 있을 것이었다. 그런데 저 뒤에 있는 동료는 어떻게 되었을까? 틀림없이 안테나를 걷어 치웠을 것이다. 그러나 조종사는 이미 그를 원망하지 않았다. 만일 조종사 자신이 양손을 펴기만 하면 그저 그것만으로도 그들의 생명은 아무것도 아닌 먼지처럼 곧 사라져 버릴 것이다. 그는 양손에 동료와 자신의 뛰는 심장을 쥐고 있었다. 그래서 그는 자신의 양손이 무서워졌다.

멧돼지처럼 몰아치는 돌풍 가운데에서 조종간의 동요를 완화시키기 위해 그는 있는 힘을 다해 핸들을 움켜쥐었다. 그렇지 않으면 동요 때문에 조종쇄가 끊어져 나갔을 것이다. 그는 여전히 그것을 움켜쥐고 있었다. 그런데 너무 힘껏 움켜쥐었기 때문에 이제는 손에 감각이 없어졌다. 그는 그 손에서 무슨 반응이라도 있을까 하고 손가락을 움직여 보았다. 그러나 손이 말을 듣는지도 알 수 없었다. 무엇인지 자기 육체의 부분이 아닌 물건이 양팔 끝에 달려 있었다. 감각도 없는 흐느적거리는 장막피가 달려 있었다. 그는 생각했다.

'내가 잔뜩 움켜쥐고 있다고 생각해야겠다.'

그는 자기의 생각이 손에까지 미치는지 알 수가 없었다. 그리고 그저 어깨가 아픈 것이나 조종간이 흔들리는 것을 깨닫게 되었으므로, '핸들이 손에서 빠져나갈 것 같다, 손이 펴질 것 같다……'라고 생각했다. 그러나 그는 이런 말을 감히 생각하는 것도 무서워졌다. 왜냐하면 이번에는 자기 양손이 그 환상의 신비한 힘에 복종해서, 어둠 가운데 자기를 놓아 버리려고 살그머니 펴지는 것 같았기 때문이었다.

그는 아직 싸움을 포기하지 않고 운을 시험해 볼 수 있었을 것이다.

외부에서 오는 불운은 없는 것이니까. 그러나 사람의 속에서 오는 불운이 있는 것이므로 자기가 쇠약하다는 것을 느끼는 순간이 오는 것이고, 그렇게 되면 여러 가지 과오가 현기증같이 사람을 엄습하는 것이다.

그런데 바로 그 순간에 그의 머리 위에 별 몇 개가 폭풍우의 틈새기를 뚫고 살속의 목숨을 노리는 미끼처럼 반짝였다.

그도 그것이 함정이라고 생각했다. 어떤 구멍에 별 3개를 발견하고 그것을 향하여 올라가면, 곧 내려올 수가 없게 되어 그 자리에서 별을 물고 늘어지게 되는 것이다.

그러나 빛이 하도 목마르게 그리워서 그는 올라가고야 말았다.

16

그는 별이 가리키는 목표를 따라 폭풍의 소용돌이를 더 낮게 피해 가며 올라갔다. 그는 그 희미한 자석에 끌려 올라갔다. 빛을 찾아 그다지도 오랫동안 고생을 한 끝이라 그는 이제 아무리 희미한 빛이라도 놓치지 않았을 것이다. 주막집의 등불 하나만 보았더라도 자기가 넉넉한 자라는 생각으로 그 갈망하던 표적 둘레로 죽을 때까지 돌고 또 돌았을 것이다. 그런데 그는 지금 광명의 세계로 향하여 올라가고 있는 것이 아닌가? 위는 트이고, 올라가는 대로 밑은 다시 닫혀지는 우물속을 그는 빙글빙글 돌며 조금씩 올라갔다. 그가 올라가는 데에 따라 구름은 그 암흑의 흙탕물을 가시어, 점점 더 깨끗한 흰 물결처럼 그의 코앞으로 다가와서 뒤로 지나가고는 했다. 파비앵은 솟아올랐다.

그는 몹시 놀랐다. 어찌나 밝은지 눈이 부실 지경이었기 때문이다.

그는 몇 초 동안 눈을 감아야 했다. 그는 밤에 구름이, 자신을 눈부시게 하리라고는 일찍이 생각지 못했던 것이다. 그런데 만월과 뭇 성좌가 구름을 반짝이는 파도로 만들어 놓았던 것이다.

솟아오른 바로 그 순간에 비행기는 별안간 이상하리 만큼 평온을 회복했다. 비행기를 기울게 하는 파도 하나 없었다. 둑을 넘어가는 거룻배처럼 비행기는 고요한 물로 들어서는 것이다. 비행기는 행복한 섬의 물굽이처럼, 알지 못하는 숨은 하늘의 일부분에 접어든 것이다. 폭풍우가, 비행기 밑에는 광풍, 물기둥, 번개가 휘몰아치는 두께 3,000미터의 별세계를 이루고 있었지만, 별을 향해서는 수정과 같고 백설과 같은 얼굴을 돌려 대고 있었다.

파비앵은 이상한 세계에 들어선 것이라고 생각했다. 왜냐하면 그의 손, 의복, 비행기 날개 할 것 없이 모두가 빛나기 때문이었다. 또한 그것은 빛이 천체에서 오는 것이 아니고, 그의 아래쪽과 그의 주위에 한없이 쌓여 있는 흰 물체에서 발산되기 때문이었다.

그의 밑에 있는 구름은 달에서 받는 눈과 같은 빛을 모두 반사시키고 있었다. 탑같이 높이 솟은 좌우 양쪽 구름도 마찬가지였다. 젖 같은 광명이 사면으로 흘러다니는 가운데 비행기와 탑승원이 함빡 몸을 잠그고 있었다. 파비앵이 돌아다보니 무전사가 싱글벙글하고 있었다.

"이제 좀 나아졌습니다."

하고 그는 소리치고 있었다.

그러나 그의 목소리는 엔진의 폭음에 지워지고 미소만이 상대에게 전해졌다. 파비앵은 생각했다.

'우린 이제 살아날 길이 없게 되었는데 웃다니……, 나는 아주 미치고 말았어.'

하지만 그는 그를 붙잡았던 수천 수백의 암흑의 팔에서 놓여났던 것이다. 포승을 끌러 잠시 동안 꽃밭을 마음대로 걸어 다니게 혼자 내버려 두는 죄수처럼 그를 옭아맸던 줄이 풀어졌다.

'지나치게 잘됐어.'
하고 파비앵은 생각했다. 그는 보물과 같이 빽빽하게 쌓여 있는 별들 사이를 파비앵 자신과 그의 동료밖에는 산 물체라고는 하나도 없는 세계를 방황하고 있었다. 다시는 나올 수가 없는 보물집에 갇혀 있는, 옛날 이야기에 나오는 도시의 도둑들과 꼭 같은 처지였다. 차디찬 보석들 사이로 무한한 재회를 안고 그러나 사형 선고를 받은 몸으로 그들은 방황하고 있는 것이다.

17

파타고니아의 기항지, 코모도로리바다비아의 무전사 한 사람이 갑작스런 몸짓을 하자, 그 비행장 안에서 아무 소용도 없이 밤을 새우고 있던 사람들은 모두 그의 둘레로 모여들어 들여다보았다.

그들은 강한 광선을 받고 있는 백지 1장을 들여다보고 있었다. 무전사의 손은 아직도 망설이고 있었고 연필은 뒤뚱거리고 있었다. 문전사의 손은 아직도 글자를 붙잡은 채였으나 손가락은 벌써 후들후들 떨고 있었다.

"폭풍우요?"

무전사는 머리로 '그렇다'는 뜻을 표시했다. 천둥이 전파에 섞여 들어와 그가 청취하는 것에 방해가 되었다.

그러더니 그는 알아볼 수 없는 기호 몇 개를 적었다. 그러고는 몇 마디 말을, 또 그런 다음에는 문장을 하나 꾸며 놓았다.

'폭풍우 상공 3,800미터에 갇혔음. 바다로 불려 갔었으므로 육지를 향하여 정서(正西)로 비행중임. 아래쪽은 전부 구름에 가렸음. 아직 해상을 비행하는지 알 수 없음. 폭풍우가 내륙까지 뻗쳤는지 통보 바람.'

뇌우 때문에 이 전보를 부에노스아이레스로 전송하기 위해 무전국 하나하나를 릴레이 식으로 거쳐야만 했다. 통보는 이 탑에서 저 탑으로 차례차례 올려지는 봉화처럼 밤을 뚫고 달렸다.

부에노스아이레스에서는 이런 답전을 쳐 달라고 했다.

'내륙 전체에 폭풍우 엄습해 왔음. 휘발유 얼마 남았는가?'

'반 시간.'

이 구절은 또 이 국에서 저 국으로 차례차례 올라가서 부에노스아이레스까지 이르렀다.

비행기 탑승원은 30분 안으로 그들을 땅바닥까지 밀어내려 줄 대선풍 속에서 빠져들어 갈 운명에 놓여 있었다.

18

한편 리비에르는 깊은 생각에 잠겼다. 그는 이미 희망을 버렸다. 저 탑승원들은 밤 가운데 어디엔가로 빠져들어 가고 말 것이다.

리비에르는 어렸을 적에 깊은 충격을 받았던 어떤 장면을 추상했다. 시체를 찾아내느라고 사람들이 연못의 물을 빼고 있었다. 이번에도 역시 땅 위에서 어두운 덩어리가 흘러가 버리기 전에는, 그리고 햇빛을 받아 저 모래밭과 저 평야와 저 밀물이 다시 자태를 나타내기 전에는 아무것도 발견되지 않을 것이었다. 어쩌면 팔꿈치를 구부려 얼굴을 가리고 잠자는 것 같은 두 어린이가, 고요한 물 속의 풀과 금빛 모래 위에 밀려 나와 있는 것을 순박한 농부들이 발견할는지도 모른다. 그들은 밤에 빠져 죽은 것이리라.

리비에르는 옛날 이야기에 나오는 바닷속처럼, 밤의 저 깊은 속에 파묻혀 있는 고물들을 생각했다. 꽃이 만발한 모습으로, 아직은 소용되지 않는 꽃을 잔뜩 지니고 날이 새기를 기다리는 사과 나무들을 생각했다. 향기가 가득 차고, 잠든 어린양들과 아직은 빛깔이 보이지 않는 꽃을 가득히 지닌 밤은 풍요롭다.

차츰차츰 살찐 밭 이랑과 촉촉히 젖은 수풀과 싱싱한 거목들이 해를 향하여 올라올 것이다. 그러나 이제는 해를 끼치지 않게 된 산들과 목장과 양들과 벗하여, 세상의 지혜 속에서 두 어린이는 잠든 듯이 보일 것이다. 그리고 볼 수 있는, 이 세상에서 무엇인가가 저 세상으로 흘러 나갈 것이다.

리비에르는 파비앵의 아내가 걱정이 많고 상냥한 것을 안다. 이 사랑은 가난한 어린이에게 빌려 준 장난감 모양으로 그 여자에게 겨우 빌려 준 것밖에는 되지 않는다.

리베에르는 아직 몇 분 동안은 조종간에다가 자기의 운명을 걸고 있을 파비앵의 손을 생각한다. 애무를 했던 그 손을, 어떤 가슴 위에 얹혀서 신의 손처럼 가슴을 설레게 한 그 손을, 어떤 얼굴 위에 얹혀서 그 얼굴의 표정을 변화시킨 그 손을, 기적을 이루던 그 손을 생각한다.

파비앵은 구름 바다의 화려한 위를, 밤하늘을 방황하고 있지만, 그 밑은 영원이 가로놓여 있다. 그는 자기 혼자만이 사는 성좌들 사이에서 길을 잃고 헤맨다. 그는 아직은 세상을 양손에 쥐고 가슴에다 대고 그것을 흔든다. 그는 그 핸들 안에 인간의, 재화의 무게를 움켜쥐고 아무래도 돌려 주어야 할 쓸데없는 보물을 절망적으로 이 별에서 저 별로 끌고 돌아다니는 것이다.

리비에르는 아직 어떤 무전기가 파비앵의 목소리를 듣고 있다고 생각했다. 파비앵과 세상을 연결시켜 주는 것은 오직 음악적인 음파, 단조, 억양뿐이다. 신음소리 한 마디 없다. 부르짖음 한 마디 없다. 오직 절망이 낼 수 있는 가장 깨끗한 음이 있을 뿐이다.

19

로비노가 그를 고독에서 건져 주었다.

"지배인님, 제 생각에는요……. 이렇게 하면 어떨까 하는데요……."

그가 어떻게 하자고 제안한 것은 아무것도 없었다. 다만 이렇게 그의 성의를 표시하는 것이다. 그는 해결책을 발견하는 것이 소망이었고 그래서 수수께끼라도 풀 듯 해결책을 찾아보았던 것이다. 그러나 그가 발견한 해결책을 리비에르는 들려 주는 법이 없었다.

"이거 봐요 로비노, 인생에는 해결책이 없는 겁니다. 움직이는 힘이 있을 뿐이오. 그것을 창조해야 합니다. 그러면 해결책은 저절로 따라오는 거지요."

그래서 로비노는 자기의 구실을 그저 기계공들 사이의 활동적인 힘을 만들어 주는 데에 그치게 했다. 이 보잘것 없는 힘이 활동함으로써 프로펠러 보스에 녹이 슬지 않게 되는 것이었다.

그러나 오늘밤의 사건을 당하자 로비노는 무력해졌다. 감독이라는 그의 직함은 폭풍우에 대해서도, 허깨비 같은 탑승원에 대해서도 아무 권력이 없었다. 그 승무원들은 이제는 정말 정근상을 타기 위해서가 아니라, 로비노의 처벌을 취소해 버리는 유일한 처벌인 죽음에서 빠져 나오기 위해 몸부림치며 싸우고 있었다.

그래서 이제 쓸데없이 된 로비노는 하릴없이 사무실 안을 서성거리고 있었다.

파비앵의 아내가 면회를 청했다. 걱정이 되어 못 견디는 그 여자는 사무원들 방에서 리비에르가 만나 주기를 기다리고 있었다. 사무원들은 힐끔힐끔 그 여자의 얼굴을 훔쳐보았다. 그 여자는 그것이 부끄러운지 불안스러운 눈으로 주위를 둘러보았다. 거기에 있는 모든 것은 그 여자를 달갑지 않게 여기는 것이었다. 시체를 밟고 나아가듯 일을 계속하는 그 사람들이 그러했고, 사람의 생명이나 고통도 무정한 숫자의 찌꺼기밖에 남겨 놓지 못하는 그 서류들이 그러했다. 그 여자는 파비앵 이야기를 해 주는, 무슨 표적이라도 있을까 하고 찾아보았다. 자기 집의 빠끔히 벌여 놓은 침구며, 준비해 놓은 커피며, 꽃다발이며…… 모두가 파비앵의 부재를 보여 주는 것이었다. 그 여자는 아무 표적도 발견하지 못했다. 모두가 동정과 우정과 추억에 반대되는 것이었다. 아무도 그 여자 앞에서 큰 소리로 말하지 않았다. 때문에 그 여자가 들은 오직 한 마디 말은 어떤 사무원이 송장(送狀)을 달라고 내뱉은 욕설이었다.

"…… 빌어먹을! 산토스에 보내는 다이나모의 송장은 어딨어?"

그 여잔 몹시 놀란 표정으로 그 사람을 쳐다보았다. 그러고는 지도가 걸려 있는 벽을 보았다. 그 여자의 입술은 보일까 말까 하게 약간 떨렸다. 그 여자는 자기가 여기 있어서 적의 있는 어떤 진리를 표시하는 것임을 짐작하고 마음이 거북해졌다. 그 여자는 여기 온 것이 후회가 될 지경이어서 숨기라도 했으면 하였다. 그리고 사람들의 주의를 너무 끌까 봐 기침도 참고 울음도 참았다. 그 여자는 자기가 있지 않을 데에 있는 것같이, 온당치 못한 것으로, 벌거벗은 몸으로 있는 것같이 생각되었다. 그러나 그 여자의 진실은 몹시도 강한 것이어서 그것을 그 여자의 얼굴에서 읽으려고 힐끔힐끔 훔쳐보는 눈길이 끊임없이 그녀에게로 향해졌다. 그 여자는 대단히 아름다웠다. 그 여자는 남자들에게 행복의 신성한 세계를 보여 주는 것이었다. 그 여자는 사람이 행동하는 것으로, 알지 못하는 중에 어떠한 평화를 무너뜨릴 수 있는가를 보여 주었다.

리비에르는 그 여자를 만났다. 그 여자는 쭈뼛쭈뼛하며, 자기의 꽃이며, 준비해 놓은 커피며, 자기의 젊은 육체에 대해서 호소하고 난 길이었다. 한층 더 냉랭한 이 사무실 안에서 그 여자의 입술은 새삼스럽게 다시 가냘프게 떨리기 시작했다. 그 여자도 이곳에서는 자기 자신의 진실을 설명하기가 어렵다는 것을 깨달았다. 그의 안에 일고 있는 것의 야성적이라고도 할 만큼 몹시도 격렬한 사랑이, 이곳에서는 모두 귀찮은 이기적인 모습을 띠고 있는 것같이 느껴졌다. 그 여자는 도망이라도 치고 싶어졌다.

"방해가 되시지요……."

"부인, 방해는 되지 않습니다. 다만 부인이나 저나 기다리는 것밖에 달리 어떻게 할 수가 없군요."

그 여자는 어깨를 약간 으쓱했다.

리비에르는 그것이 무슨 뜻인지를 알았다. 그것은 '나를 기다리고 있는 저 등불, 준비해 놓은 식사, 저 꽃들이 무슨 소용이 있겠어요……' 라고 하는 것이었다. 언젠가 어떤 젊은 어머니가 리비에르에게 고백한 일이 있었다.

"제 아들이 죽은 것을 저는 아직도 이해하지 못해요. 참기 힘든 것은 오히려 사소한 물건들이에요. 눈에 띄는 그애의 옷가지며, 밤에 잠이 깨면 가슴속에 끓어오르는 애정, 이제는 제 젖이나 마찬가지로 소용 없어진 그 애정 같은 것을 말이에요."

이 여자에게 있어서도 파비앵의 죽음은 내일에나 실감나기 시작할 것이다. 이제는 쓸모 없게 된 행동 하나하나에, 물건 하나하나에, 파비앵은 자기 집을 천천히 떠날 것이다. 리비에르는 깊은 동정을 마음속에만 간직했다.

"부인……."

젊은 여인은 자기의 힘이 얼마만한지를 모르고, 겸손하다고까지 할 미소를 띠며 물러갔다.

리비에르는 약간 침울한 기분으로 의자에 앉았다.

'하지만 그 여자는 내가 찾던 것을 발견하는 데 도움이 되었어…….'

그는 건성으로 북쪽 비행장들에게 온 보전(保全) 전보를 또 드락거렸다. 그는 생각했다.

'우리는 우리 자신이 영원하기를 바라는 것이 아니고, 다만 행동과 사물이 갑자기 그 의의를 잃는 것을 보지 않기를 바라는 것이다. 그러면 우리를 둘러싸고 있는 공허가 눈 앞에 나타나서…….'

그의 눈길이 전보 위에 멎었다.

'이제는 의미가 없어지고 만 이 보고들, 이것을 거쳐서 우리들 사이로 죽음이 뚫고 들어오는 것이다.'

그는 로비노를 쳐다보았다. 지금은 아무 쓸모 없고 의미가 없어진 이 평범한 남자. 리비에르는 우락부락하다고 할 만한 말씨로 그에게 말했다.

"이것 해라, 저것 해라 하고 일일이 일러 주어야 되겠소!"

그런 다음 리비에르는 사무원들의 방 쪽으로 난 문을 밀고 들어섰다. 그러자 파비앵 부인은 알아 볼 수 없었던 표에서, 파비앵의 실종이 명백하게 그의 눈을 파고들어 왔다. 파비앵의 탑승기 RB903호 쪽지는 벌써 벽에 걸린 도표의 사용 불능 기재라는 난(欄)에 꽂혀 있었다.

유럽 행 우편기의 서류를 만들던 사무원들은 출발이 늦어지리라는 것을 알고는 일을 확실하게 하지 않았다. 비행장에서는, 이제는 아무 목적도 없이 밤샘을 하고 있는 지상 근무원들을 어떻게 하느냐는 전화가 걸려왔다. 생명의 활동이 느려졌다.

'이것이야말로 죽음이다!'
하고 리비에르는 생각했다. 그의 사업은 바람이 자서 바다에 정지한 범선과도 같은 것이었다.

로비노의 목소리가 들려왔다.

"지배인님…… 그들은 결혼한 지 6주밖에 안 되었습니다."

"가서 일이나 하시오."

리비에르는 여전히 사무원들을 들여다보고 있었다. 그리고 사무원들 저쪽에는 인부들, 기계공들, 조종사들처럼 모두 건설자라는 신념을 가지고 자기의 사업을 도와 준 사람들의 모습이 떠올랐다. 그는 '섬들' 이야기를 듣고 배를 만들던 옛날의 작은 도시들을 생각했다. 그 배에 자기들의 희망을 싣기 위해, 자기들의 희망이 바다 위에 돛을 펼치는 것을 보기 위해 배를 만들던 도시들. 배의 덕택으로 모두가 커지고, 모두가 자기 자신에게서 벗어나고, 모두가 해방이 되게 말이다.

'목적은 어쩌면 아무것도 증명 못할지 모르지만 행동은 죽음에서 구해 준다. 그 사람은 그들의 배로 인해 길이 살아 있는 것이다.'

그러니까 저기 쌓인 전보에 그 진정한 의의를, 밤샘하는 기계공들에게 그들의 불안을 그리고 조종사들에게 그들의 비창한 목적을 돌려줄 때, 리비에르도 죽음과 싸우는 것이 될 것이다. 바람이 범선을 다시 바다 위에 달리게 하듯, 생명이 이 사업을 다시 움직일 때 그도 죽음과 싸우는 것이 되리라.

20

코모도로리바다비아 무전국에서는 이제 아무것도 들리지 않았다.

그러나 거기서 1,000킬로미터 떨어진 바이아블랑카 무전국에서는 20분 후에 제2보를 청취했다.

'내려감. 구름 속으로 들어감…….'

그런 다음에는 분명치 않은 어떤 문구 중에서 이 두 글만이 트렐레우 무전국에 나타났다.

'…… 아무것도 보이지…….'

단파란 이런 것이다. 저기서는 청취가 되는데, 여기서는 들리지 않는다. 그러다가 까닭없이 모두가 변한다.

어디에 있는지 위치를 알 수 없는 그 탑승원들이 이미 공간과 시간을 초월해서 세상 사람들에게 존재를 알리는 것이다.

그리고 무전국의 백지 위에는 이미 유령들이 글을 쓰고 있는 것이다.

휘발유가 떨어졌는가, 그렇지 않으면 엔진이 멎기 전에 조종사는 격돌하지 않고 착륙한다는, 최후의 화투짝을 던지는 것일까?

부에노스아이레스 무전국의 목소리가 트렐레우에 명령한다.

'그걸 물어보시오.'

무전국의 수신실은 실험실과 비슷하다. 니켈, 구리 그리고 전압계와 얼기설기한 전선. 밤샘하는 기사들은 흰 작업복을 입고 묵묵히 무슨 간단한 실험이라도 들여다보는 것 같다.

조심스러운 손가락으로 그들은 기계를 만지고, 금광맥을 찾는 탐광가들처럼 자기(磁氣)를 품은 하늘을 수탐한다.

'응답이 없습니까?'

'응답이 없습니다.'

살아있다는 표시가 될 그 음이 어쩌면 들려올지도 모른다. 그 비행기와 그 현등이 별들 사이로 다시 올라오면 그 별이 부르는 노래가 들려올지도 모른다. 초(秒)들이 흘러간다. 그것들은 피처럼 참말로 흘러간다. 아직도 비행이 계속되는가? 1초 1초가 행운을 앗아간다. 그러니까 흐르는 시간은 파괴하는 것같이 생각된다. 20세기 동안 시간이 신전을 무너뜨리고, 화강석 사이로 길을 내어 신전을 먼지로 만들어 흩어 버리는 것처럼, 이제 여러 세기의 소모가 1초 1초 안에 쌓여서 탑승원들을 위협하는 것이다.

1초 1초가 무엇인가를 앗아간다. 파비앵의 그 목소리를, 파비앵의 그 웃음을, 그 미소를……. 침묵이 우세해진다. 바다의 무게 모양으로 그 탑승원들 위에 자리를 잡는, 점점 더 무거운 침묵이 우세해진다.

그때에 누군지 주의를 환기시킨다.

"1시간 40분. 휘발유의 극한이다. 아직 비행하고 있을 수는 없지."

그리고는 조용해졌다.

무엇인지 씁쓸하고 싱거운 것이, 여행이 끝날 무렵처럼 입술로 올라왔다. 아무것도 알 수 없는 어떤 일이, 좀 메슥메슥한 어떤 일이 일어났다. 그리고 이 얼기설기한 니켈과 이 구리줄들 사이에서, 사람들은 폐허가 된 공장에 떠도는 바로 그 서글픔을 맛본다. 이 기계들은 모두 둔중하고 쓸모 없고 용도가 바뀐 것 같아 보인다. 그것은 죽은 나뭇가지의 무게 같아 보인다.

이제는 날이 새기를 기다리는 수밖에 없다.

몇 시간만 있으면 아르헨티나 전체가 해를 맞아 떠오르리라. 그러면 이 사람들은 해변 모래밭에서 잡아당기는, 천천히 끌어올리는 그물, 무엇이 들어 있을지 알지 못하는 그물을 바라보듯 여기서 꼼짝 않고 머물러 있으리라.

사무실 안에 들어앉은 리비에르는 운명이 인간을 해방시켜 줄 때 크나큰 참사가 있어야만 느낄 수 있는 그 휴식을 느꼈다. 그는 한 지방 전체의 경찰을 동원시키게 했다.

그는 이 이상 아무것도 할 수 없다. 그저 기다려야 할 참이다.

그러나 초상집에서도 질서는 유지되어야 한다. 리비에르는 로비노에게 눈짓을 한다.

“북쪽 기항지 비행장들에 전보를 치시오. ‘파타고니아 선 우편기는 상당히 연착될 것으로 예상됨. 유럽 행 우편기의 출발을 너무 지체 시키지 않기 위하여 파다고니아 우편물은 다음 번 유럽 행 우편기 편에 보내겠음’ 이라고.”

그는 몸을 약간 앞으로 구부린다. 그러나 애를 써서 무엇인가를 생각해 낸다. 그것은 중대한 일이었다. 아! 그렇지. 그래서 잊어버리지 않으려고,

“로비노.”

“네?”

“주의서를 하나 만드시오. 조종사들에게 엔진의 1,900회 이상의 회전을 금한다고. 엔진들을 망쳐 놓거든.”

“알았습니다.”

리비에르는 좀더 몸을 구부린다. 그는 무엇보다도 혼자 있고 싶었다.

“자, 로비노 이 사람, 좀 나가 주어요.”

그러자 로비노는 궂은 일을 당하고도 마음의 평온을 잃지 않는 이 태도에 놀란다.

21

로비노는 이제는 침울한 기분으로 사무실을 이곳 저곳 정처없이 돌아다녔다. 2시에 떠날 예정이던 그 우편기의 출발이 중지되고 날이 새서나 떠나게 될 터이므로 회사의 생명은 정지된 셈이었다. 얼굴에 표정을 잃은 사무원들은 아직 밤샘을 하고 있었으나 그 밤샘은 소용 없는 것이었다. 북쪽 기항지 비행장들에게 오는 보전 전보를 아직도 규칙적인 리듬으로 받고는 있지만, 그것들 안에 있는 '쾌청', '만월', '무풍' 따위들은 불모의 왕국의 환상을 불러일으키는 것이었다. 달빛과 들의 황야.

로비노가 아무 생각없이 과장이 쓰던 서류를 뒤적이고 있으려니까, 과장이 자기 앞에 서서 당돌하게 경의를 표하며 그것을 돌려주길 기다리고 있는 모습이 눈에 띄었다. '아시고 싶은 것이 있으면 말씀입니다. 제게 다……' 라고 말하는 듯한 태도였다. 아랫사람의 이 태도가 감독의 비위에 거슬렸다. 그러나 아무 대꾸도 생각나지 않았다. 그래서 약이 올라 서류 뭉치를 과장에게 돌려주었다. 과장은 아주 거드름을 부리며 자기 자리에 가서 앉았다.

'저자의 목을 잘랐어야 할 걸 그랬다.'

라고 로비노는 생각했다. 그래서 체통을 살리느라고 그날 밤의 참극을 생각하며 몇 걸음을 걸었다. 이 참극 때문에 회사의 어떤 정책이 배척을 당하게 되리라 생각하고, 로비노는 두 가지 초상을 슬퍼했다.

그러고는 저기 제 사무실에 틀어박혀 있는 리비에르의 모습이 머리에 떠올랐다. 리비에르는 자기를 '이 사람'이라고 불렀었지. 어떤 사람도 이렇게까지 지지를 받지 못한 적은 일찍이 없었다. 로비노는 지배인이 몹시 가엾게 생각되었다. 그는 머릿속에서 은근히, 동정하고 위로하는 데 쓰이는 구절을 몇 개 생각해 보았다. 그는 매우 아름답다고 생각되는 감정에 이끌려 움직였다. 그래서 가볍게 노크를 했다. 대답이 없었다. 그는 이 고요한 가운데에서 더 세게 노크할 엄두가 나지 않아서 문을 밀고 들어갔다. 리비에르는 거기 있었다. 로비노가 리비에르의 방을 거의 서슴지 않고, 거의 터놓고 지낸다는 기분으로, 자기 생각으로는 탄환이 비오듯 하는 속을 뚫고 부상한 장군에게 달려가 패주하는 동안, 모시고 귀양 가서 형제같이 지내는 한 중사와 같은 기분으로 들어가는 것은 이번이 처음이었다.

'무슨 일이 일어나든 나는 당신의 편입니다.'

이렇게 로비노는 말하고 싶은 듯했다.

리비에르는 아무 말 없이 고개를 수그리고 자기 손을 들여다보고 있었다.

로비노는 그 앞에 우두커니 서서 말을 꺼낼 엄두가 나지 않았다. 사자는 때려잡혀서도 역시 무서운 것이다. 로비노는 점점 더 정성을 풍기는 말을 준비했다. 그러나 눈을 쳐들 때마다, 4분의 3가량 수그린 얼굴과, 반백이 된 머리와 몹시도 비창하게 꽉 다문 입술과 마주쳤다.

마침내 그는 결심했다.

"지배인님……."

리비에르는 얼굴을 들어 그를 쳐다보았다. 리비에르는 하도 깊고 하도 아득한 명상에서 깨어난 길이라, 어쩌면 이 로비노가 앞에 있는 것을 아직 깨닫지 못하는지도 모를 일이었다. 그리고 그가 무엇을 생각했는지, 무엇을 느꼈는지, 마음속에 무슨 슬픔을 지니고 있는지는 아무도 알 수가 없었다. 리비에르는 로비노를 어떤 사실의 산 증인처럼 오랫동안 쳐다보았다. 리비에르가 로비노를 쳐다보면 볼수록 그의 입술에는 이해하지 못할 아이러니가 나타났다. 리비에르가 쳐다보면 볼수록 로비노는 얼굴을 붉혔다. 그러자 리비에르에게는 점점 더, 로비노가 감격할 만한 호의 그리고 불행히도 자발적으로 우러나오는 호의를 가지고 인간의 어리석음을 증명하려고 여기 온 것같이 생각되었다.

로비노는 당황했다. 중사도, 장군도, 탄환도 이미 통용되지 않게 되었다. 무엇인지 설명할 수 없는 일이 일어나고 있었다.

리비에르는 여전히 그를 쳐다보고 있었다. 그러자 로비노는 엉겁결에 자기 태도를 좀 고쳐 왼편 주머니에서 손을 뺐다. 리비에르는 여전히 그를 쳐다보고 있었다.

그러자 마침내 로비노는 왠지 모르게 몹시 거북한 태도로 말을 꺼냈다.

"명령을 받으러 왔습니다."

리비에르는 시계를 꺼내 보고, 그저,

"지금 2시요. 아순시온 우편기가 2시 10분에 착륙할 겁니다. 유럽 행 우편기를 2시 15분에 이륙시키도록 하시오."

하고 말했다.

로비노는 야간 비행이 중지되지 않는다는 이 놀라운 뉴스를 퍼뜨렸다. 그런 다음 로비노는 과장을 보고 말했다.

"검사를 하게 그 서류 뭉치를 가져오시오."

그러자 과장이 그의 앞으로 와 섰다.

"기다리시오."

그래서 과장은 기다렸다.

22

아순시온 우편기에서 곧 착륙한다는 것을 알려 왔다. 리비에르는 그 가장 몹쓸 곤경을 당하는 시간에도 전보 한 장 한 장을 훑어보며, 이 우편기의 순조로운 비행을 지켜 보았다. 그로서는 이것이 오늘밤의 혼란 중에서 그의 신념의 복수요, 증거였다. 이 순조로운 비행은 그 전보로, 무수한 다른 순조로운 비행도 예고해 주는 것이었다.

'대선풍은 매일 밤 있는 것이 아니다.'

리비에르는 이렇게도 생각했다. 길을 한 번 닦아 놓은 이상 계속하지 않을 수는 없는 것이었다.

꽃이 만발하고 야트막한 집이 들어차고 밍근한 강물이 흐르는 아름다운 정원에서 내려오듯, 파라과이에서 이 비행장 저 비행장을 거쳐 내려오면, 비행기는 별 하나 흐리게 하지 않는 대선풍권 밖을 미끄러져 들어 오고 있었다. 여행용 담요를 두른 여객 9명은, 자기 자리 옆의 유리창에 이마를 대고 보석이 하나 가득 들어 있는 진열장을 들여다보듯 밖을 내다보았다. 왜냐하면 벌써 아르헨티나의 소도시들이 이 밤속에, 별세계의 도시들의 보다 더 창백한 황금빛 아래에, 그 황금빛 등불을 조르르 늘어놓고 있었기 때문이었다. 기수에 있던 조종사는 산양을 지키는 목자처럼 달빛을 가득히 받은 두 눈을 크게 뜨고 귀중한 인명의 짐을 두 손으로 받쳐들고 있었다. 벌써 부에노스아이레스의 그 장밋빛 불이 지평선을 환하게 물들였다. 이제 얼마 안 있어 옛날 이야기에 나오는 보물처럼 그 도시의 보석들이 모두 빛나리라. 무전사는 손가락으로 최후의 전보를 치고 있었다. 그것은 무전사가 하늘을 날아오며 흥겹게 친, 그리고 리비에르에게는 그 뜻이 통하는 어떤 소나타곡의 마지막 몇 소절을 치기라고 하는 듯했다. 그러고는 안테나를 걷어 올리고 약간 기지개를 켜고, 하품을 하고 빙그레 웃었다. 다 도착한 것이다.

착륙하자 조종사는 유럽 행 우편기 조종사가 양손을 주머니에 찌르고 자기 비행기에 기대 섰는 것을 보았다.

"자네가 가나?"

"응."

"파타고니아는 왔나?"

"기다리지 않기로 했어. 행방 불명이야. 일기는 좋은가?"

"아주 좋은 일기야. 파비앵이 행방 불명인가?"

그들은 거기에 대한 이야기는 별로 하지 않았다. 깊은 동지애는 말을 필요 없게 하는 것이었다.

아순시온에서 유럽으로 가는 우편 행낭들을 유럽 행 비행기에 옮겨 싣는 동안, 조종사는 여전히 꼼짝 않고 머리를 젖혀 목덜미를 기체에 대고 별들을 우러러 보고 있었다. 그는 자기 안에 위대한 능력이 태어나는 것을 느꼈고, 그러자 세찬 즐거움이 그를 엄습했다.

"다 실었어? 그럼 스위치."

하는 음성이 들렸다.

조종사는 까딱도 하지 않았다. 그는 엔진에 발동을 걸고 있었다. 조종사는 비행기에 기댄 자기의 어깨에 비행기의 움직임을 느낄 참이었다.

떠난다, 안 떠난다 하고 그렇게도 헛소문이 많이 떠돈 뒤에 조종사는 마침내 안심이 되었던 것이다. 그의 입이 벌어져 이들이 달빛으로 인해 젊은 맹수의 이빨처럼 반짝였다.

"조심하게. 밤이니, 응."

그에게는 동료의 충고가 들리지 않았다. 양손을 주머니에 찌르고, 구름과 산과 강과 바다들을 향하여 머리를 젖힌 채 그는 소리없이 웃기 시작하는 것이었다. 조용한 웃음이었다. 그러나 나뭇잎을 건드리는 미풍과 같이 그의 안에 나타나 그를 온통 뒤흔들어 놓는 웃음이었다. 조용한 웃음이긴 했지만, 그러나 저 구름들보다도, 산과 강과 바다들보다도 훨씬 강한 웃음이었다.

"어찌 된 셈인가?"

"그 바보 같은 리비에르 자식이 말이야……. 내가 무서워하는 줄 안단 말이야!"

23

조금만 있으면 비행기가 부에노스아이레스 상공을 지나갈 것이다. 싸움을 다시 시작하는 리비에르는 비행기의 폭음이 듣고 싶다. 별세계를 행군하는 군대의 굉장한 발소리같이 폭음이 나서 부르릉거리다가 사라지는 것이 듣고 싶다.

리비에르는 팔짱을 끼고 사무원들 사이를 지나간다. 유리창 앞에 가서 발을 멈추고 귀를 기울이고 생각한다.

만일 그가 다만 한 번이라도 출발을 중지했으면, 야간 비행기의 명분은 서지 못했을 것이다. 그러나 내일 리비에르를 비난할 그 마음 약한 자들을 앞질러 리비에르는 또 한 패의 탑승원을 밤 속으로 놓아 보냈다.

승리니, 패배니 하는 말들은 전혀 의미가 없다. 생명은 이 표상들 밑에 있으면서, 벌써 또 다른 표상을 준비하고 있다. 승리는 한 국민을 약하게 만들고 패배는 또 다른 국민을 각성

시킨다. 리비에르가 맛본 패배는 어쩌면 참된 승리를 더 가까이 가져오는 약속인지도 모른다. 중요한 것은 오직 전진하는 것뿐이다.

5분만 있으면 무전국들이 기항지 비행장들에게 경보를 발할 것이다. 1만 5,000킬로미터에 걸쳐 생명의 약동이 모든 문제를 해결해 줄 것이다.

벌써 비행기라는 파이프 오르간의 노래가 울려 간다.

리비에르는 그의 엄한 시선 앞에 몸을 굽히는 사무원들 사이를 천천히 걸어 자기 일터로 돌아간다. 자기의 크나큰 승리를 지니고 있는 대(大)리비에르, 승리자 리비에르.

작품 해설

삶과 세계에 대한 의미 부여

앙투안 드 생텍쥐페리는 1900년 6월 29일, 프랑스 제3의 도시 리옹에서 태어났다. 그는 유년 시절을 리옹 근처의 생 모리스 드 레마에서 보냈다.

1914년 10월, 빌프랑슈 쉬르 소온 시의 몽그레 중학교에 들어갔으나, 석 달이 지난 다음에 학교를 옮겨 스위스와 마리아니스트 수도회에서 경영하는 성 요하네 학원의 기숙생으로 1917년까지 공부하였다.

1917년에 대학 입학 자격 시험에 합격한 후, 1917년까지 보쉬에 고등학교와 생루이 고등학교에서 해군사관학교 입학 시험 준비를 하였으나, 구술 시험에서 실패하고 난 뒤 미술학교 건축과에 들어가 15개월 동안 공부하였다. 그가 《어린 왕자》의 삽화를 직접 그린 것도 이것으로 충분히 설명이 된다고 하겠다.

생텍쥐페리는 그 후 군에 입대하여 스트라스부르의 제2 전투기 연대에서 군대 복무를 하였는데, 처음에는 수리 공장에 배속되었다가 나중에는 조종사가 되었다. 이렇게 하여 어린 시절 꿈의 하나였던 비행사 직업의 터전은 닦여졌다. 그러다가 사관 생도로서 모로코의 카사블랑카에 파견되어 1922년까지 머물렀고 제33 비행 연대 전투 비행단에 소위로 복무했다.

제대 후에 회사원이 되었으나 그는 기회가 있을 때마다 비행기 조종간을 잡았다.

한편, 그의 어릴 때 꿈의 하나였던 문필을 놓는 일 없이 늘 이 길로 정진하여, 1925년에 《르나비르 다르장》이라는 잡지에 《비행사》라는 짤막한 중편 소설을 발표하였다.

1926년 10월, 에어 프랑스의 전신인 라테코에르 항공회사에 입사하여 《야간 비행》의 주인공 리비에르로 알려진 디디에 도라를 알게 되고, 1927년 봄에는 바세르 · 메르모즈 · 가요메 · 레크리뱅 등 그의 작품에 자주 나오는 동료들과 함께 툴루즈 — 카사블랑카, 그리고 다카르 — 카사블랑카 사이의 우편 비행을 담당하였다.

그리고 그는 카프즈비의 간이 비행장 책임자로 18개월 동안을 불귀순 지구 바로 근처에서 비적들의 위협을 받으며 근무하였고, 근무하는 틈틈이 《남방 우편기》를 집필하여 1928년 귀국하였을 때 출판하였다.

생텍쥐페리는 1929년 5월에 아르헨티나 우편 항공회사 영업 주임으로 임명되었다. 1930년 9월 13일, 그의 동료 기요메가 22회째 안데스산맥 횡단 비행을 하다가 폭풍설에 갇혀 소식이 끊겼다. 그러자 생텍쥐페리와 델레가 5일 동안 수색 활동을 벌였으나 발견하지 못했는데, 기요메가 자기 힘으로 닷새 낮과 나흘 밤을 걸어 살아 돌아온 기적과 같은 사건이 있었다. 이 이야기는 《인간의 대지》에 자세히 소개되어 있다.

이 무렵에 《야간 비행》을 집필하였는데, 그 중 가장 중요한 인물은 리비에르, 즉 디디에 도라였다.

1931년, 우편 항공회사의 복잡한 사내 사정으로 도라가 영업 부장 자리를 뜨자 생텍쥐페리와 몇몇 동료들이 그와 행동을 같이 하였고, 그 해에 그는 두 번째 작품 《야간 비행》을 발표하여 12월에 페미나 문학상을 받았다. 이리하여 그는 작가로서 공인된 셈이었다.

1935년 5월에는 《파리 수아르》지 특파원으로 모스크바에 다

녀왔고, 같은 해에 에어 프랑스사의 주최로 동료 두 사람과 함께 시문 기(機)를 몰고 지중해 일주를 하며 강연을 하였다.

같은 해 12월, 파리와 사이공 간 연락 비행을 시도하여 이전에 세운 자피의 기록을 깨뜨리기로 결정, 이집트를 향하여 출발하였다. 그러나 카이로에 도착하기 약 200킬로미터 앞에서 사막에 추락, 기관사 프레보와 함께 닷새 동안을 걸어 죽기 직전에 베두인 대상에게 발견되어 구조되었다. 이 사건도 《인간의 대지》에 자세히 묘사되어 인간의 의지력이 얼마나 굳세며, 또한 책임감이 얼마나 투철한지를 보여 주고 있다.

1937년 9월에는 자기의 시문 기로 뉴욕과 테르드푀(남아메리카 남단의 섬) 간 장거리 비행에 대한 공군성의 허가를 얻고 뉴욕으로 건너가서 과테말라에 도착하였다가 다시 이륙할 때에 추락, 중상을 입었다. 그는 뉴욕으로 돌아가 정양을 한 뒤, 귀국할 때에 몇 해 동안 조종사로 일하는 틈틈이 써 놓은 많은 원고를 가지고 왔으니, 이것이 그의 대표작 《인간의 대지》이며, 이것은 1939년 6월에 출판되었다. 같은 해 6월에는 이 작품이 《바람과 모래와 별들》이라는 제목으로 미국에서 출판되어 그 달의 양서로 선정되었고, 프랑스에서는 1939년도 아카데미 프랑세즈 소설 대상을 받았다.

1940년, 그는 2의 33 정찰 비행단 소속중, 기요메가 추락·전사하였다는 소식을 듣고 다시 대서양을 건너가 뉴욕에서 프랑스를 위한 미국의 원조를 호소하는 운동을 전개함과 동시에 작품 집필을 계속하였다. 이리하여 1942년 2월에 《전시 조종사》 영문판인 《아라스 전선 비행》을 출판하였고 역시 뉴욕에서 《어느 볼모에게 부치는 편지》와 유명한 동화체의 작품 《어린 왕자》를 내놓았다.

1943년 8월에는 알지에로 돌아가 조그만 방에서 지내며 제트기 원리를 연구함과 동시에 《성채》 원고를 집필하기 시작했다.

1944년, 그는 2의 33 정찰 비행단에 복귀하여 그로노블과 안스시 지구에 마지막 출격 허락을 받고 떠났으나 영영 돌아오지 못했다. 독일군 정찰기에 의하여 격추되었으리라는 의견이 지배적인데, 이렇게 하여 행동주의 작가였던 생떽쥐페리는 44세라는 나이로 요절하고 말았다.

생텍쥐페리의 작품에는 언제나 책임감과 의무감이 공통적인 사상을 이루고 있으며, 또한 따뜻한 인간애가 일관된 기조로 표현되고 있다.

그의 작품 중 가장 이채로운 빛을 발하는 《어린 왕자》 역시 이러한 사상이 담겨져 간결하고 섬세한 동화 형식으로 씌어졌다. 이 작품은 작가가 미국에 건너가 있는 동안 집필 · 발표한 것이다.

이미 20여 개국에 번역 소개되어 호평을 받은 바 있는 이 작품은, 어른들을 위한 동화로 생텍쥐페리 자신이 자기 꿈의 근원을 동심의 세계에서 찾으려 한 점, 그리고 물질로 흐려지지 않은 어린이의 심안인 선(善)으로 세상을 내다보려 한 점에서 많은 이들의 공명을 얻고 있다.

어린 왕자가 상징하는 선은, 인간의 고독을 극복할 수 있게 해 주고 무의미한 일상의 삶과 세계에 새로운 존재의 의미를 부여하며, 사랑이라 부르는 인간 사이의 참다운 관계를 의미한다.

'보이는 것과 보이지 않는 것', '고독과 관계 맺음', '의미와 무의미'는 어린 왕자가 안고 있는 중심적인 주제들로 어른들에게 삶에 대한 의미를 다시 한번 일깨워 주고 있다.

《야간 비행》은 1931년에 출간되어 그 해에 페미나 문학상을 탄 문제작이다. 극한 상황 속에서도 절망하지 않는 그는 인류 문학 사상 보기 드문 행동주의 작가로, 작품 속에는 언제나 사변으로서의 문학이 아닌 행동으로서의 문학, 즉 직접 체험하고 경험한 깊고 원대한 사색이 응집되어 있다. 이 작품도 우편 비행사, 조종사 등을 거치는 삶을 통해 생텍쥐페리 자신의 행동과 사색이 인간의 삶과 세계에 대한 문제로 확대돼 작품에 투영되어 있다.

작가 연보

1900년 6월 29일 리옹에서 출생.

1912년 명 비행사 베르린과 앙베리외 비행장에서 처음으로 비행기를 탐.

1917년 대학입학 자격 시험에 합격.

1919년 해군학교 입시에서 구술시험에 낙방. 미술학교 건축과에서 15개월 동안 수강함.

1921년 군에 입대, 조종사 훈련 시작.

1923년 제대. 이 무렵 루이즈 드 빌몰랑과 약혼한 뒤 보알롱 타일 제조 회사에 제품 검사원으로 입사.

1925년 《르나비르 다르장》지에 《비행사》 발표. 10월, 라테코에르 항공회사에 입사.

1927년 툴루즈—카사블랑카, 카사블랑카—다카르의 정기 우편 비행을 담당. 이 무렵 밤을 이용, 《남방 우편기》를 집필하기 시작.

1928년 앙드레 부크렐의 서문을 붙여 《남방 우편기》 간행.

1929년 아르헨티나 우편 항공회사 영업 주임으로 임명.

1931년 콘수엘로와 결혼. 《야간 비행》 간행으로 페미나 상을 수상.

1935년 《파리 수아르》지 특파원으로 모스크바에 취재차 파견. 12월, 파리—사이공 간의 비행 기록 갱신 비행도중 기관 사고로 리비아 사막에 불시착, 5일 동안 사경을 헤맨 뒤, 베두 인 대상에게 구조.

1937년 《파리 수아르》지 특파원으로 스페인 내란 취재.

1938년 과테말라에서 추락 사고를 일으켜 뉴욕으로 돌아와 요양, 여기 머물면서 《인간의 대지》 완성.

1939년 《인간의 대지》로 아카데미 프랑세즈에서 소설 대상을 받음. 제2차 세계대전 발발로 2의 33 정찰비행단에 소속되어 알지에로 파견.

1940년 각종 작전에 출격하면서 5월엔 아라스상공의 정찰 임무를 수행. 《성채》 원고 집필.

1941년 되돌아온 아내 콘수엘로와 함께 도미, 뉴욕에 정주하면서 《전시 조종사》 집필.

1942년 뉴욕의 프랑스 협회 출판부에서 《전시 조종사》가 《아라스 전선 비행》이란 영역판으로 간행, 같은 해 프랑스에서도 출간되었으나 독일 점령군으로부터 발매 금지당함.

1943년 《어느 볼모에게 부치는 편지》를 뉴욕에서 발표한 데 이어 4월에는 《어린 왕자》를 발표함.

1944년 7월, 마지막 출격차 코르시카 섬 보르고 기지를 떠났으나 그르노블—안스시 방면에서 끝내 돌아오지 못함.

1948년 유고 《성채》가 갈리마르 사에서 간행됨.

안 응 렬

- 가톨릭대 철학과 졸업
- 서울대, 성균관대, 서강대 강사
- 전 한국외국어대 교수
- 역서 : 《한국천주교회사》, 《전원교향곡》, 《팡세》 외 다수
- 저서 : 《한불사전》(공저)

밀레니엄북스 9

어린 왕자

초판 1쇄 인쇄 | 2003년 2월 5일
초판 12쇄 발행 | 2020년 10월 30일

지은이 | 생텍쥐페리
옮긴이 | 안 응 렬
펴낸이 | 신 원 영
펴낸곳 | (주)신원문화사

주 소 | 서울시 구로구 가마산로 27길 14 신원빌딩 10층
전 화 | 3664-2131~4
팩 스 | 3664-2130

출판등록 | 1976년 9월 16일 제5-68호

* 잘못된 책은 바꾸어 드립니다.

ISBN 89-359-1086-4 03860